KB123938

로크미디어가
유혹하는
재미있는 세상

예지몽으로 히든랭커 25

2022년 12월 14일 초판 1쇄 인쇄
2022년 12월 19일 초판 1쇄 발행

지은이 이현비
발행인 김정수 강준규

기획 이기헌 왕소현 박경무 강민구 조익현
책임편집 백승미
마케팅지원 이원선

발행처 (주)로크미디어
출판등록 2003년 3월 24일
주소 서울시 마포구 마포대로 45 일진빌딩 6층
Tel (02)3273-5135 **Fax** (02)3273-5134
홈페이지 rokmedia.com **E-mail** rokmedia@empas.com

값 9,000원

ISBN 979-11-354-7925-0 (25권)
ISBN 979-11-354-9382-9 04810 (세트)

예지몽으로 히든랭커

이현비 게임 판타지 장편소설 ◇25◇

CONTENTS

첫 의뢰

알펜 시티에서 주재하는 사냥 대회는 나흘 후부터 일주일 동안 진행된다고 했고 가온은 에스림 용병단의 객원 대원으로 참여하는 것으로 신청했다.

"온 님과 함께한다니 이번에는 기대를 해도 좋을 것 같군."

"우리도 이젠 승급해야지!"

가온의 실력을 알고 있는 베릿과 에스림 용병대원들은 싱글벙글했다.

"순위 안에 들려면 어느 정도의 성과를 올려야 합니까?"

"이곳으로 올 때 사냥했던 정도라면 3위 안에는 들 겁니다. 공정성을 위해서 참관인들이 따라붙기 때문에 단체뿐 아니라 개인적인 역량도 판단하니 온 님이 실력에 합당한 등급패를 얻는 것은 어렵지 않을 겁니다."

"사냥감이 많습니까?"

"어제 주점에서 들은 바로는 최근 시티 주위에 웨어울프를 비롯한 마수인간(魔獸人間)들이 빈번하게 출현한다고 합니다."

"마수인간이라면?"

"우리 시티에도 꽤 많이 살고 있는 수인족과는 다릅니다. 웨어울프, 웨어베어, 웨어재규어 등 마수로 변신하는 능력을 가진 놈들입니다."

어떤 개념인지 알 것 같았다.

"그중에서도 웨어울프 무리가 가장 위협적입니다. 다른 마수인간들은 무리를 형성하지 않아서 개별적인 피해에 그쳤는데, 웨어울프의 경우 한 놈이 100여 마리의 회색 늑대들을 거느리고 있어서 가축을 몰고 성 밖으로 나간 목동과 가축에 이어서 세 개의 상행이 큰 피해를 입었다고 합니다."

"이번에 나타난 웨어울프들이 무서운 점은 수백에서 수천 마리 규모의 회색 늑대를 몰고 다닌다는 점입니다. 세 상행 중 하나는 호위 전력만 100명이 넘었는데도 인명 피해만 절반이 넘었다고 했습니다."

베릿에 이어 혼의 말을 들은 가온은 이번의 비정기적인 사냥 대회의 목표가 바로 웨어울프임을 알 수 있었다.

"웨어울프 무리에 대한 정보를 알아봤으면 좋겠는데, 가능합니까?"

사실 정보가 딱히 필요한 건 아니다. 정령들이 있으니 말이다.

하지만 참관인이 따라붙는다고 하니 정석대로 처리하는 것이 나을 것 같아서 묻는 것이다.

"그거라면 저희에게 맡겨 주십시오."

"떠버리지만 마당발인 체인이 나서면 하루 안에 인근에서 출몰하는 사냥감을 모두 파악할 수 있습니다."

베릿이 바라보는 곳에는 순한 개처럼 생긴 외양의 용병이 있었다.

"이거 왜 이래? 체인만 마당발이 아니라고. 난 상단 쪽을 파 볼게."

"으하하하. 이거 술값이 꽤 들어가겠는걸."

대장인 베릿부터 일반 대원들까지 이번 토벌에 아주 적극적인 태도를 보였다.

여관 거리로 돌아오면서 들은 얘기인데 용병대 혹은 용병단에도 등급이 있어 의뢰를 받는 데 제한이 있다고 했다.

용병 단체는 개인과 달리 아이언, 실버, 골드 세 등급으로 분류가 되는데, 현재 아이언 등급인 에스림 용병대는 결성된지 2년이 넘어서 이전의 상행과 같은 의뢰를 10번 정도 더 수행해야만 실버 등급으로 승급이 된다고 했다.

실버 등급이 되면 난이도는 물론 보수가 상향되는 의뢰를 받을 수 있게 되고 자연스럽게 실력이 뛰어난 새로운 대원들도 영입할 수가 있었다.

실력이 있는 용병들의 경우 보수 때문에라도 당연히 높은 등급의 용병 단체를 선호할 수밖에 없는 구조였다.

"그런데 웨어울프를 어떻게 사냥할 생각입니까?"

굳이 사냥 경험에 대해서는 묻지 않았다.

"웨어울프들만 있는 것이 아니라 수백 혹은 수천 마리나 되는 회색 늑대를 끌고 다니는 무리라면 조심스럽게 접근해야 합니다. 수로 밀어붙인다면 시간도 많이 걸리고 세가 불리하다 싶으면 웨어울프들이 회색 늑대들을 버리고 도망쳐 버릴 수도 있습니다. 사실 저희 용병대의 전력으로는 그런 웨어울프 무리를 상대하기가 어렵습니다."

"그럼요?"

"온 님이 계시지 않습니까? 온 님이 그 폭발하는 화살로 회색 늑대들을 맡아 주시고 다른 대원들이 길을 열면 저와 척 그리고 롱펠트가 단숨에 놈들의 중앙으로 파고들어서 웨어울프를 상대할 생각입니다. 작은 무리의 경우 웨어울프가 두셋이라고 하니 말입니다."

아무래도 너무 허술한 작전으로 들렸지만 일단 베릿이 원하는 대로 해 주기로 했다. 폭발시만으로도 충분한 전과를 올릴 수 있고 참관인들을 놀라게 할 것이니 말이다.

'나중에 시간이 나면 단독 혹은 가족 단위로 다니는 웨어

베어나 웨어재규어를 사냥해야겠네.'

　일단 그 정도면 충분할 것이다. 이름을 널리 알리려는 것이 아니라 내성에 드나들 수 있는 정도의 등급패가 필요할 뿐이니 말이다.

　알펜 시티는 농경 및 목축 지구가 넓기는 했지만 30만이라는 인구를 감당할 식량이나 육류 생산은 불가능했다.

　그래서 많은 외성 주민들이 목축이나 농사 혹은 채집을 위해서 아침 일찍 성을 나갔다가 돌아온다고 했다.

　여섯 살 이상의 어린아이들도 어른들과 같이 움직이는데 그러지 않으면 입에 풀칠을 하기 힘들다고 했다.

　하지만 성 밖은 위험했다. 그래서 시티 측에서는 전사와 병사에 더해서 길드에 소속된 용병들로 하여금 그런 주민들을 보호하도록 하는데, 개인 등급의 승급을 위해서는 꼭 참여해야 하는 일이라고 했다.

　에스림 용병대원들도 개인적인 등급을 위해서 용병대 활동과 별개로 그런 일에 정기적으로 참여를 해야 한다고 했다.

　몸값의 척도가 되는 것은 다름 아닌 자신의 등급과 소속된 용병 단체의 등급이기 때문에 열심히 할 수밖에 없었다.

　일단 베릿의 신원 보증을 받아서 용병 길드에 등록을 한 가온은 우드 등급패를 받은 후 바로 의뢰를 수행하기로 하고 베릿 일행의 추천으로 성 밖을 나가는 이들의 호위 임무를 맡기로 했다.

'오랜만에 새벽에 일을 시작하네.'

가온은 아직 사위가 어둑어둑한 시간에 미리 약속한 북문 앞에 도착했는데 뜻밖에도 이른 시간임에도 불구하고 굉장히 많은 사람들이 보였다.

에스림 용병단 소속인 척을 기다리던 가온은 꽤 많은 용병과 전사가 병사들과 함께 대기하고 있다가 가축을 몰고 나온 목동이나 성 밖의 밭으로 가는 농부 등이 나오면 합류해서 이곳저곳으로 뿔뿔이 흩어지는 광경을 지켜봤다.

"온 님!"

뒤늦게 척이 성문 앞으로 달려왔는데 어제 길드 측에서 받은 의뢰를 생각하면 늦은 것은 아니었다.

"제가 화살통을 들겠습니다!"

오우거 가죽 재질의 방어구를 입은 가온은, 등에는 시위를 건 활을 메고 있었고 양쪽 옆구리에는 오십 발들이 화살통 두 개씩 차고 있었는데, 척의 눈에는 화살통이 무거워 보인 모양이다.

반면 오크처럼 단단한 근육질의 척은 양손 검을 등에 메고 있었고 검대에는 투척용으로 보이는 단검 여섯 자루를 차고 있어 손이 빈 상태였다.

"고맙습니다."

가온은 거절하지 않고 왼쪽 옆구리에 차고 있던 화살통 두 개를 넘겨주었다. 무거운 것은 아니지만 백검도 차고 있어서 걸을 때 약간 불편했다.

"그런데 우리가 오늘 호위할 대상이 약초꾼들이라고요?"

"그렇습니다. 북서쪽으로 2시간 정도 떨어진 저 산으로 갑니다."

척이 말하는 산을 보니 무척 가깝게 보였는데 작은 산맥의 끝자락에 위치한 산이었다.

"저 산은 다양한 약초의 자생지입니다. 저희는 다른 용병 여덟 명과 함께 그곳으로 가는 약초꾼들을 호위하면 됩니다. 그리고 한 분대의 병사도 함께 갑니다."

목동이나 농부를 호위하는 의뢰도 있었지만 약초꾼을 호위하는 건이 보수도 높았고 최근 성 주위에 출몰하는 마수인 간들을 만날 가능성이 가장 컸기에 선택했다.

'잘하면 토벌 전에 이름을 알릴 수 있겠지.'

토벌에서 큰 활약을 할 예정이지만 그 전에 이름을 알려 두면 목적을 이루기가 더 쉬워질 것 같아서 선택한 의뢰였다.

그때 전사 한 명이 병사 열 명을 대동하고 성 밖으로 나오더니 소리를 질렀다.

"파트론산으로 향하는 용병들은 모이시오!"

전사의 외침에 옹기종기 모여 있던 용병 중 십여 명이 움직였다. 물론 가온과 척 역시 그 행렬에 동참했다.

"나는 오늘 호위 건의 책임 전사인 아프람이오! 척이 누구요?"

대뜸 척을 찾는 전사. '책임'이라는 접두어가 붙은 것을 보면 자유 전사가 아니라 시티에 소속된 전사였다.

보통 성에 소속된 전사의 경우 어떤 임무를 맡으면 책임 전사라 불리며 그런 전사들을 총괄하는 전사를 수석 전사라고 부른다.

물론 실력에 따른 등급도 있다. 수련, 일반, 초급, 중급, 상급, 최상급, 초월의 일곱 등급이며 각 등급 내에서도 실력의 편차가 매우 크고 인정하는 시티의 전력에 따라 그 편차는 더욱 컸다.

나중에 들은 바로는 초월급의 전사는 소드마스터를 의미하며 알펜 성에도 한 명이 있다고 했다.

"여기 있소."

"브론즈 3급인 그대가 용병들을 지휘해 주시오. 오늘 하루 부탁하오."

척의 실력은 오러유저 상급이었다.

"알았소."

책임 전사는 병사들만 지휘하고 용병들은 가장 실력이 뛰어나고 등급이 높은 용병으로 하여금 지휘하게 하는 방식인 모양이다.

"테인!"

아프람의 외침에 용병들과 조금 떨어진 장소에 모여 있던 일단의 사람들 중 제대로 다듬지 않은 수염을 기른 중년인이 달려왔다.

"오늘 파트론산으로 가는 약초꾼이 몇 명인가?"

"총 마흔두 명입니다."

"다 나온 거지?"

"네."

"그럼 가도록 하지!"

그렇게 가온이 호위하기로 한 약초꾼들과 임시 호위대가 파트론산을 향해 움직이기 시작했다.

책임 전사인 아프람과 척이 상의해서 약초꾼들을 중간에 배치하고 병사들이 전위를, 용병들이 후위를 맡기로 했는데 휴식을 하기 전까지는 아무 일도 없었다.

지나온 구간은 짧고 억센 풀들이 군데군데 자라는 곳들을 제외하면 마른 흙과 드문드문 있는 흙무더기들밖에 없어서 황무지에 가까웠다.

덕분에 시야를 막는 것이 없었고 이 세상 사람들은 대개 눈이 좋은 편이어서 굳이 정찰을 위해 따로 병력을 운용할 필요는 없었다.

"이제 절반 정도 남았으니 서둘러 갑시다!"

이제 해가 완전히 떴기 때문에 걸어서 이동하는 것이라 꽤 더울 것 같았다.

다시 출발한 일행이 대략 10분 정도 움직였을 때 후위에 있던 가온에게 카오스가 의념을 보내왔다.

－전방 2킬로미터에 늑대들이 달려오고 있어!

마침 전방은 흙들이 무덤처럼 울퉁불퉁하게 솟아 있는 지역이었고, 약간 오르막이라서 가온 일행이 있는 곳에서는 위쪽 상황을 눈으로는 볼 수가 없었다.

'웨어울프는 몇 마리나 되지?'

회색 늑대를 거느린 웨어울프들 때문에 비정기적인 토벌을 한다는 말이 생각나서 물어봤다.

－세 마리야. 아직 변신을 하지 않았는지 인간형으로 늑대들을 뒤따르고 있어.

'웨어울프는 밤에만 활동하는 거 아니야?'

그게 지구에서는 상식이었다.

－나도 그렇게 알고 있는데 이곳에서는 아닌가 봐.

그래. 다른 세상이니 상식과 다를 수도 있긴 했다.

'늑대는 몇 마리나 돼?'

－대략 300마리 정도인데 포위할 생각인지 두 무리는 좌우측으로 거리를 벌리고 있어.

그렇다면 전방에는 100여 마리가 있다는 것이다. 다른 200여 마리는 양옆으로 멀리 돌아서 들이닥칠 생각이고.

'700미터까지 접근하면 얘기해 줘.'

아직 거리가 많이 떨어져 있는 만큼 미리 알릴 필요는 없었다. 아직은 육안으로는 아무런 징후도 알아낼 수 없어 알린다고 해도 믿지 않을 것이다.

실력 발휘

카오스와 교감을 끊은 가온은 잠시 잠자코 행렬을 따라 움직이다가 다시 카오스의 의념이 전해지자 척에게 말을 건넸다.

"척, 뭔가 나타난 것 같습니다."

"뭐가요?"

후위에 위치했기 때문에 양옆을 육안으로 정찰하고 있던 척은 가온의 찌푸린 얼굴에 순간 긴장했다.

"아무래도 웨어울프가 나타난 것 같습니다. 저 앞에 보이는 흙무더기 구역 뒤쪽으로 규모는 작고 흐릿하지만 흙먼지가 이는 것으로 봐서는 꽤 많은 숫자의 동물이 이쪽을 향해 접근하는 것 같습니다. 미세하지만 짐승의 노린내도 나는 것 같고요."

확신을 하고 보면 흙먼지를 볼 수 있지만 그렇지 않을 경우에는 눈에 들어올 정도는 아니라서 다들 놓치고 있는 모양이다.

"그게 정말입니까? 방향, 방향과 거리는요?"

다른 사람이라면 무시하겠지만 가온의 놀라운 능력을 직접 목격한 척은 진지하게 받아들였다. 무엇보다 지금 바람이 자신들을 향해 불고 있어서 냄새 얘기를 들으니 믿을 수밖에 없었다.

"전방입니다. 거리는 대략 1천 보 정도입니다."

"잠깐만요!"

심각한 얼굴이 된 척은 행렬의 전방으로 달려갔다.

척이 책임 전사인 아프람을 만나서 가온의 말을 전했을 때는 행렬의 전위는 마치 무덤처럼 생긴 흙 무더기들 사이로 진입하기 직전이었다.

"전방 1천 보 거리에 늑대들이 나타났다고?"

아프람은 믿기 힘든 말에 인상을 찡그리며 재차 확인했다.

"어제 등록하는 바람에 우드 패를 받았지만 온 님은 혼자 다크퓨마들을 사냥할 정도로 뛰어난 사냥꾼입니다. 또한 혼자서 블랙독 50여 마리를 사냥했고요."

"흐음."

믿기는 어려웠지만 그 정도의 강자가 파악한 정보라면 믿어야만 했다. 자신이 일반 전사 중 강한 축이기는 하지만 단독으로 도저히 그런 전과를 올릴 자신이 없었다.

매서운 눈길로 2, 3미터 높이의 흙무더기들이 곳곳에 쌓여 있는 전방을 유심히 살펴보던 아프람과 척은 적의 출현에 따르는 징후를 이제야 포착할 수 있었다.

"정말 흙먼지가 피어오르는군."

수분이 거의 없는 황무지라 거센 바람은 물론 일정 수준 이상의 중량을 가진 동물이 움직이면 흙먼지가 일어날 수밖에 없었다.

"혹시 몇 마리나 되는지는 물어봤소?"

척은 고개를 저었다.

"아니오. 온 님의 말에 놀라서 일단 알리려고 달려오는 길이오."

"미안하지만 그 용병을 좀 불러 주겠소?"

행렬의 전위에 위치한 자신과 병사들이 사주경계를 게을리한 것도 아닌데 전혀 알아채지 못한 것을 홀로 알아냈다면 그만한 능력이 있을 테니 적극적으로 도움을 받아야만 했다.

얼마 후 척과 함께 온 가온을 본 아프람은 이제 겨우 20대 초중반의 외모를 하고 있는 가온에 내심 그의 말이 믿기지 않았지만 내색을 하지 않고 둘을 맞이했다.

"이번 의뢰의 책임 전사인 아프람이고 하오."

"온 훈입니다."

"늑대가 접근하는 것을 미리 포착했다고 들었는데 혹시 더 자세하게 얘기해 줄 수 있겠소?"

"아까 봤던 흙먼지의 숫자로 보아서 웨어울프 한 마리와 늑대 100여 마리로 이루어진 무리가 셋인 것 같습니다. 흙먼지들이 세 갈래로 갈라졌는데 한 무리는 중앙으로, 다른 두 마리는 양측으로 빠진 상태로 멀리 돌아와서 포위한 후 공격을 하려는 것 같습니다."

가온은 카오스가 정찰한 그대로 말해 주었다.

"얼마나 떨어져 있습니까?"

"아까 확인했을 때를 기준으로 생각하면 대략 1천 보 정도 떨어져 있었습니다."

마치 눈으로 본 것처럼 단호한 어조로 정보를 알려 주는 가온의 모습에 아프람은 더 이상 의심하지 않기로 했지만 얼굴은 딱딱하게 굳었다.

'안 그래도 웨어울프의 출현을 조심하라는 얘기를 들었지만 출몰하는 곳이 멀어서 별걱정을 안 했는데 운이 없네. 약초꾼들이라도 도망칠 수 있으면 좋겠는데 아무래도 어렵겠지?'

아프람은 죽음을 각오했다. 두 사람의 대화를 들은 이들역시 얼굴이 시커멓게 죽었다.

이곳은 웨어울프 세 마리와 늑대 300여 마리를 상대로 살아남을 수 있는 지형이 아니었다.

"엄폐물이 없는 상태에서 놈들을 맞이하게 되어 아주 곤란하군. 방진을 치고 기다려야 하려나."

몸을 숨길 수 있으며 놈들이 쉽게 뛰어오를 수 없는 마차와 같은 물품이 있으면 그나마 쉽게 상대할 수 있을 것 같은데 이렇게 주위가 뚫린 개활지에서 놈들의 공격을 감당할 생각을 하니 답답했다.

"엄폐물이 될 수 있을지는 가까이 가서 확인해 봐야 알겠지만 저 흙무더기라면 놈들을 상대하는 데 큰 도움이 될 것 같습니다."

"로쿠스들을 이용하겠다는 것이오?"

전혀 생각지도 않았던 의견이었는지 아프람이 놀란 얼굴로 물었는데 무덤과 비슷하게 보이는 흙무더기를 이들은 로쿠스라고 부르는 것 같았다.

"약초꾼들이 석궁을 소지한 것을 봤습니다. 크고 높은 로쿠스 위에 올라가서 석궁으로 공격하면 놈들의 접근을 어느 정도는 막을 수 있을 것 같습니다."

전투력이 낮아서 그런지 약초꾼들은 품질은 큰 차이가 있었지만 다들 석궁과 볼트를 소지하고 있었다. 그리고 병사들과 용병들 중에도 허리에 화살통을 찬 이들이 보였다.

"맞는 말이기는 하지만 웨어울프가 거느린 회색 늑대들은 볼트로 쉽게 죽일 수 없소. 회색 늑대가 마수는 아니지만 칼날이 쉽게 들어가지 않는 두껍고 질긴 가죽과 억세고 긴 털을 가지고 있소. 게다가 로쿠스들 때문에 제대로 석궁을 사용하기도 힘들 테고."

"놈들의 움직임만 견제하면 됩니다. 숨통을 끊는 것은 내가 맡을 겁니다."

"그게 가능합니까?"

웨어울프 세 마리는 논외로 치더라도 늑대만 무려 300마리다. 그런데 혼자서 그 많은 숫자를 처리하겠다니 믿기가 힘들었다.

반면 가온은 어느 수준까지 실력을 드러낼지를 고민하고 있었다.

한꺼번에 여러 마리가 공격을 하는 상황이 문제다. 물론 그런 상황이라도 충분히 감당할 수 있지만 적당히 실력을 보이는 데 그치려면 말이다.

'이 세상을 제대로 파악하지 못했으니 실력을 모두 드러내는 건 위험해.'

가온은 척이 알고 있는 정도의 전투력만 발휘할 생각이다.

하지만 미리 해 두어야 할 일이 있었다.

'카오스, 이곳에서 보이지 않는 위치에 있는 흙무더기 몇 개의 높이를 높여 줘.'

-그곳에서 늑대들을 화살로 처리하려고?

'응. 흙무더기들을 연결해서 사람들이 적당히 몸을 숨길

수 있는 지형도 만들어 주고.'

─알았어!

큰 각은 아니지만 오르막 지형이라서 이곳에서는 로쿠스 몇 개의 높이를 올려도 알아차릴 수가 없었다.

"그렇게 자신한다니 그대를 믿고 움직이겠소! 모두 들었지! 우리가 먼저 좋은 로쿠스를 선점해야 한다! 서두르자!"

병사들이나 어느새 주위에 몰려든 용병들은 물론이고 약초꾼들도 이런 개활지에서 웨어울프가 지휘하는 회색 늑대들을 맞닥뜨리면 위험해질 수밖에 없다는 사실을 잘 알고 있기에 모두들 긴장한 얼굴로 빠르게 움직였다.

"저기로 갑시다!"

어느새 일행 앞에 서게 된 가온이 한쪽을 가리켰다.

"좋은 곳입니다!"

주위의 로쿠스와 비교하면 두 배 가까이 높은 로쿠스를 중심으로 무너져서 마치 성벽처럼 둥글게 연결된 장소를 본 척이 활짝 웃었다.

'로쿠스 지역에 이런 곳이 있었나?'

자주 약초꾼들의 호위 임무를 맡아서 이 지역을 지나가곤 했었던 아프람은 이상한 기분이 들었지만 척의 말처럼 마치작은 성처럼 연결된 로쿠스와 중앙에 성루처럼 높이 솟은 로쿠스를 보고는 내심 안도했다.

'온이라는 친구의 의견을 따르길 잘했네. 그나저나 그렇게 먼 거리에서 늑대들의 움직임을 알아봤다면 궁수치고는 특이하지만 최소한 오러유저 이상의 실력인 것은 확실하겠군.'

아프람은 온이 마나를 이용해서 무기를 강화할 수 있는 고수일 거라고 예상했다. 그 역시 마나를 몸 안에 축적해서 사용하지만 육체를 강화할 수 있을 뿐 무기에 집중시킬 정도는 아니었다.

"이제 어떻게 하면 되겠습니까?"

아프람은 자신도 모르게 지휘권을 가온에게 넘겼다. 이런 위기 상황에서는 가장 강하면서도 모두가 인정할 수 있는 전술을 낼 수 있는 능력자가 지휘를 맡아야 한다고 생각한 것이다.

"로쿠스 사이에 활을 소지한 이들과 약초꾼들을 배치한 후 내가 신호하면 활과 석궁을 사용해서 놈들을 견제하고 나머지 병사와 용병은 약초꾼들을 지켜 주십시오."

"그게 끝입니까?"

"좀 더 자세하게 말하지요. 약초꾼을 2개 조로 나누어서 아프람과 척이 발사 시기를 알려 주십시오. 석궁이니 가능하면 충분한 간격을 두고 교대로 발사하도록 해 주십시오. 그리고 중간에는 병사와 용병이 활로 견제를 하면 될 겁니다. 마지막으로 내가 신호를 하면 전사와 용병은 회색 늑대를 쫓아가면서 처리를 하면 됩니다."

"아, 알겠습니다!"

웨어울프라면 몰라도 회색 늑대들은 직접 처리를 해야 할 것으로 생각했던 전사와 용병은 의아한 얼굴이었지만 일단 지시에 따르기로 하고 가온의 명령에 따랐다.

회색 늑대에게 600미터의 거리는 멀지 않았다. 게다가 일행이 걷느라고 흘린 땀 때문에 인간 특유의 체향이 아주 짙어서 방향을 헷갈릴 일도 없었다.

얼마 지나지 않아서 놈들의 선두는 50미터 거리까지 접근했다.

"지금부터 약초꾼들은 명령에 따라 차례로 볼트를 발사하고 병사와 용병은 약초꾼들이 교대하는 사이를 책임지십시오!"

가온의 명령이 떨어지자 용병과 병사들은 화살을 잰 시위를 당겼고 약초꾼들도 떨리는 손으로 석궁의 가늠자에 눈을 맞추었다.

하지만 가장 먼저 날아간 화살은 가온의 것이었다.

슉!

빛살처럼 날아간 화살은 마침 선두와 20여 미터 뒤로 떨어진 곳에 있는 로쿠스 위로 막 올라온 회색 늑대의 눈을 뚫고 들어갔다.

그쪽을 지켜보고 있던 이들은 회색 늑대의 비명이 들릴 거라고 생각했지만 비명 대신 강력한 폭발음이 고막을 울렸다.

꽝!

놀랍게도 화살에 맞은 회색 늑대의 머리통은 폭발과 함께 산산조각이 나서 사방으로 날아갔다.

"폭발시다!"

척은 이미 본 적이 있었지만 가슴이 뛰었다. 비록 철제 화살이기는 하지만 특별할 것이 없는 화살로 저렇게 대단한 결과를 만들어내는 것이 신기하기만 했다.

"폭발하는 화살이라니!"

"아이템인가?"

"그건 아니야. 일반 철로 제작한 평범한 화살이었어!"

"척에게 들었는데 이전에도 저렇게 폭발하는 화살로 블랙독을 50마리가 넘게 사냥했대! 오러를 활용하는 비전이래!"

사람들은 속속 날아가는 가온의 화살들이 만들어 내는 놀라운 결과에 신기해하면서 자신들의 사기가 올라갔다.

'우리는 가까이 접근하지 못하도록 견제만 하면 돼!'

두려움을 완전히 극복한 것은 아니지만 모두의 가슴에는 온이 말한 대로만 한다면 살 수 있다는 강렬한 희망이 솟아올랐다.

꽝! 꽝! 꽝!

순식간에 회색 늑대 십여 마리가 머리통이 박살이 나자 늑대들이 꼬리를 말고 로쿠스 뒤에서 나오기를 꺼렸다.

인간 측은 이대로 회색 늑대들이 물러나기를 간절히 바랐지만 상황은 그렇게 진행되지 않았다. 놈들은 블랙독보다 훨씬 더 강하고 집요한 사냥꾼들이었고 놈들을 이끄는 웨어울프는 영악하면서도 마수화된 자신의 능력을 과신했다.

그리고 얼마 후 인간들에게 위기가 닥쳤다.

우우우우!

후방에서 날카롭고 높은 하울링이 터져 나왔다. 어느새 변신을 마친 웨어울프의 것으로 사냥을 독려하는 하울링이었다.

정신에 직접 작용하는 저주파가 섞인 보스의 하울링을 들은 회색 늑대들은 다시 투기를 끌어 올렸고 사방에 널린 로쿠스를 이용해서 빠르게 인간들을 향해 접근했다.

워낙 많은 숫자가 부채꼴을 그리면서 쇄도했기 때문에 가온의 폭발시로도 놈들의 접근을 막기가 힘들 것 같았지만 인간 측도 이미 대비하고 있었다.

"지금이다!"

아프람의 명령이 떨어지자 1선에 자리한 약초꾼들이 일제히 볼트를 발사했다.

캐앵! 캥!

날아간 볼트만 무려 20여 발이 넘었고 워낙 거리가 가까
웠기 때문에 몸집이 큰 회색 늑대들은 볼트를 피하기 힘들
었다.

"맞혔다!"

약초꾼들은 환호했지만 상황은 그리 간단하지 않았다.

볼트는 치명적인 급소에 맞지 않으면 목표의 숨통을 끊을
수 없었다.

그렇기에 볼트에 맞았지만 움직이는 데 큰 지장이 없었던
회색 늑대들은 고통에 더욱 사나운 기세를 뿜어내며 인간들
을 향해 내달렸다.

하지만 그런 놈들을 향해 날아가는 화살들이 있었다. 오랫
동안 활을 다루어 왔던 병사와 용병 일곱 명이 목표를 향해
정확하게 시위를 놓았다.

캐앵! 캥!

볼트와 달리 화살들은 미간이나 눈을 파고들었고 숨통을
끊은 것은 아니지만 전투력의 태반을 빼앗아 버렸다.

그리고 이어지는 2조의 사격.

운 좋게 볼트나 화살을 피했거나 몸에 볼트나 화살에 꽂힌
채로 일행이 있는 곳에서 15미터까지 접근한 회색 늑대들은
다시 볼트 세례를 받아야만 했다.

이번에는 거리가 더 가까웠기 때문에 볼트의 위력도 그만
큼 높아졌다. 눈이나 아가리 안을 파고든 볼트들로 인해서

회색 늑대들이 연신 쓰러지고 있었다.

그렇게 죽어 가는 놈들은 동료들을 기다렸지만 안타깝게도 흐름은 끊겨 있었다. 10여 미터 높이의 로쿠스 위에 서 있는 가온이 손이 보이지 않을 정도로 빠르게 화살을 연사하고 있었다.

이 정도 거리에서 쏘는 화살에는 강력한 힘이 담겨 있어서 그 자체로도 회색 늑대의 숨통을 끊을 수 있지만 가온은 놈들의 공포를 유발하기 위해서 일부러 상반된 화기를 담아서 폭발시로 만들었다.

꽝! 꽝! 꽝!

연신 울리는 폭발음에 박자를 맞추듯 머리를 비롯한 회색 늑대의 신체 일부가 산산조각이 났다.

그래도 몇 마리는 일행이 포진한 장소를 성벽처럼 두른 로쿠스까지 오르는 데 성공했지만 이미 그런 상황에 대비하고 있었던 병사들과 용병들이 창과 대검으로 놈들을 끝장냈다.

회색 늑대는 세 번에 걸쳐 같은 방식으로 쇄도했고 결국 큰 피해를 입고 뒤로 완전히 물러났는데 그동안 약초꾼들은 각각 세 번씩 볼트를 발사했을 뿐이었다.

하지만 그 결과는 대단했다. 죽거나 죽어 가는 회색 늑대들이 거의 60마리가 넘은 것이다.

"하아! 이제야 숨 좀 돌리겠네!"

잔뜩 긴장했던 약초꾼들은 힘이 빠지는지 분위기가 느슨

해졌다. 병사들과 용병들도 마찬가지였다.

회색 늑대들이 어느새 보이지 않는 곳까지 물러나자 사람
들은 긴장이 풀렸지만 위기는 아직 끝나지 않았다. 아직도
웨어울프 세 마리는 물론이고 회색 늑대도 200마리가 훨씬
넘게 남아 있었기 때문이다.

─또 온다!

물러나는 늑대들을 보고 자신도 모르게 긴장을 살짝 풀었
던 가온은 카오스의 의념에 정신을 차렸다.

─양쪽 방향은 물론 후미까지 회색 늑대들이 접근하고 있
어!

'거리는?'

─양쪽은 대략 70미터. 후미는 100미터 정도야!

폭발시의 폭발음과 동족의 비명에 두 웨어울프는 후미까
지 완벽하게 틀어막기로 작정한 것 같았다.

가온은 긴장을 풀고 심호흡을 하거나 물을 마시고 있는 사
람들을 훑어보았다.

'한두 방향은 몰라도 전방위에서 동시에 공격을 하면 위험
해!'

비록 석궁으로 큰 역할을 해 주었지만 약초꾼은 전투 요원
이 아니다. 거리가 가까웠고 지휘하는 이들이 있었기에 용기
를 내어 석궁을 제대로 사용할 수 있었을 뿐 상황이 위험해

지면 겁에 질려 실수를 할 것이 분명했다.

'그렇다면!'

가온은 아프람과 척에게 눈짓을 했다.

"혹시 다른 방향에서?"

둘 다 미리 회색 늑대가 세 무리임을 들었기에 어떤 상황인지 눈치를 채고 있었다.

"그렇습니다. 사람들을 세 무리로 나누어서 양쪽과 후방에 배치하십시오. 물론 한 명을 뽑아서 지휘를 하게 해야 합니다."

"그럼 도망친 놈들은요?"

"금방 처리하고 후미로 돌아가서 놈들을 치겠습니다!"

"알겠습니다!"

아프람과 척은 가온이 그 일을 할 수 있는지 의심하지 않았다. 이미 보여 준 것만으로도 그가 없이는 웨어울프들이 이끄는 회색 늑대를 상대할 수 없다는 사실을 알게 되었기 때문이다.

두 사람은 짧게 의견을 나눈 끝에 선임 병사인 놀란을 불러서 대책을 상의하기로 했다.

아프람과 척 그리고 놀란은 자신들을 포함해서 20여 명으로 세 조를 구성했다. 당연히 약초꾼들을 포함해서 전력을 적절하게 배정했다.

"놈들을 상대하는 방식은 아까와 동일하다! 다만 온 님이 없어 지원이 불가능하니 죽기 살기로 최선을 다해야만 할 것이다! 그럼 온 님이 후미에서 무시무시한 폭발시로 놈들을 처리할 것이다!"

"넵!"

아프람의 명령에 사람들은 굳은 얼굴로 힘차게 대답했다.

그때 상황을 지켜보던 가온이 움직였다.

"어어엇?"

사람들의 입이 떡 벌어졌다. 가온이 마치 새처럼 빠르게 날아서 거의 10미터 이상 떨어진 로쿠스의 정상을 밟더니 이내 다시 몸을 날려 다른 로쿠스의 정상 부분으로 건너간 것이다.

그리고 얼마 후부터 가온의 몸이 보였다 사라지기를 반복하면서 폭발음이 연속해서 들려왔고 마침내는 분노와 함께 좌절감이 절절하게 느껴지는 웨어울프의 하울링이 들려왔다.

비록 눈으로 보는 것은 아니지만 사람들은 가온이 폭발시로 전방의 도망친 회색 늑대들을 다 죽이고 이제 변신한 웨어울프를 상대하고 있음을 알 수 있었다.

"우리 때문에 마음껏 폭발시를 사용하지 못하고 있었던 거군!"

"혼자서 다크퓨마들을 사냥했다는 말이 사실이었네."

"궁사로 이렇게 강한 사람은 처음 봐!"

"검술은 몰라도 능력만 보면 우리 성의 최상급 전사이신 오트 경과 비슷할 것 같아."

사람들은 그렇게 얘기하면서도 아프람과 척 그리고 놀란의 지시를 받아서 다른 웨어울프 무리를 맞이할 준비를 갖추었다.

원래라면 수가 나뉘었기에 사기가 저하되고 특히 약초꾼들의 경우에는 두려워해야 정상이지만 가온의 가공할 실력을 눈으로 지켜봤고 귀로 확인하고 있기에 다들 용기백배해서 오히려 상대를 기다릴 정도로 흥분한 상태였다.

자신이 이끄는 회색 늑대들이 결국 열 마리도 안 남자 극도로 화가 난 웨어울프가 달려들었지만 가온은 직접 상대하지 않고 오랜만에 점핑 앤 플라잉 스킬을 사용해서 폭발시를 날려 회색 늑대들은 죽었다.

그런데 그때 다른 두 웨어울프가 지르는 하울링이 귀에 들어왔다.

우우우우! 우우우우!

'최대한 빨리 처리하자!'

전투 경험에 도움이 될 것도 아니니 최선을 다하기로 작정한 가온은 활을 아공간에 수납하고 바로 백검을 빼 들었다. 그리고 신성력을 주입했다.

화악!

백검에서 신성한 빛이 폭발하듯 방출되자 회색 늑대들은 물론 웨어울프까지 자신도 모르게 눈을 감았다.

특히 마수인 웨어울프는 엄청난 신성력에 영혼이 큰 손상을 받는 바람에 순간적으로 공황 상태가 되어 버렸다.

그때 쫙 벌린 가온의 왼손 손가락에서 마나탄이 발사되어 겁에 질려 꼬리를 말고 도망치던 회색 늑대들을 향해 날아갔다.

타앗!

단 한 번의 도약으로 무려 15미터 가까이 날아간 가온의 손에 들린 백검이 이제 막 공황 상태에서 빠져나와 동료를 부르는 하울링을 터트리는 웨어울프를 향해 쇄도했다.

본래라면 맞부딪히는 충돌음이 들려야 하지만 순간적으로 생성된 순백의 오러 블레이드는 하울링을 하다가 위험을 감지하고 순간적으로 팔을 들어 올린 놈의 긴 손톱과 손을 가르고 목덜미를 파고들었다.

써걱!

한쪽 목덜미를 시작으로 사선으로 파고들어 간 오러 블레이드는 순식간에 놈의 상체를 대각선으로 잘라 버렸다.

그게 끝이 아니었다. 이제 막 도망치기 시작한 회색 늑대 다섯 마리를 향해 왼손으로 마나탄을 발사했다.

비명도 없었다. 염력으로 조종하는 다섯 발의 마나탄은 화기를 머금고 있어서 회색 늑대의 두개골을 뚫고 들어가서 뇌를 태워 버린 것이다.

가온이 빠르게 움직인 덕분에 나머지 두 무리도 쉽게 사냥할 수 있었다.

놈들이 전방에 있는 인간들을 공격하는 데 정신을 쏙 빼고 있는 동안 후미에서 폭발시를 연사하는 방식으로 수를 줄여 버렸다.

심지어 웨어울프들은 더 쉽게 정리할 수 있었다. 놈들이 기척을 알아차리기 전에 빠르게 접근해서 신성력으로 만든 마나탄으로 머리에 구멍을 뚫고 뇌 부분을 곤죽으로 만들어 버렸다.

공격을 감행했던 세 방향의 회색 늑대들에게는 최악의 상황이 되었다.

후미에서 무리의 공격을 독려했던 웨어울프들이 죽어 버리자 공황 상태가 된 회색 늑대들은 어찌할 바를 모르고 어정쩡하게 있다가 인간들이 교대로 발사하는 볼트와 화살 세례에 큰 피해를 입었고 곧이어 후방에서 날아오는 폭발시에 동족의 머리통이 산산조각이 나기 시작하자 도망칠 생각밖에 없었다.

"추격해!"

가온의 명령이 떨어지자 아프람과 병사들 그리고 용병들이 본격적으로 움직였다. 마수에 속하는 다이어울프라면 몰라도 회색 늑대는 경력이 어느 정도 되는 병사나 용병도 충분히 상대할 수 있었다.

마나로 육체적인 능력을 높일 수 있는 아크람과 놀란 등 병사 세 명 그리고 용병 아홉 명은 혼란에 빠져 있는 회색 늑대들을 도륙하기 시작했다.

가온은 혹시 모르는 사태에 대비해서 빠르게 진영에 복귀했다.

다행히 별일은 없었다. 회색 늑대 몇십 마리가 진영 가까이 달려왔지만 이젠 침착하게 대응하는 약초꾼들에 의해 온몸에 볼트가 빼곡하게 박힌 상태로 죽어 버린 것이다.

몇 마리는 진영 안까지 들어왔지만 미리 대비하고 있던 나머지 병사들에 의해서 숨통이 끊어졌다.

"모두 수고했습니다!"

"아, 아닙니다! 온 님 덕분에 살았습니다!"

약초꾼들을 대표해서 테인이 나서 감사 인사를 했다.

"모두 침착하게 잘 대응했습니다. 이 정도면 호위들과 떨어진 상태에서도 회색 늑대 정도는 어렵지 않게 처리할 수 있을 겁니다."

안 그래도 말도 안 되는 승전으로 인해 흥분했던 약초꾼들은 가온의 칭찬에 날아갈 것 같은 기분을 만끽했다.

그사이에 추격에 나섰던 병사와 용병이 복귀했다.

"모두 수고했지만 남은 일이 있다는 건 알지요?"

가온의 말에 피투성이가 된 병사와 용병이 고개를 끄덕였다.

"숨통을 끊으러 갑시다!"

아직 살아 있는 회색 늑대들은 많았다. 급소에 화살이나 볼트를 맞아도 바로 죽지 않을 정도로 생명력이 강인한 놈들이었다.

승전으로 인해 긴장과 흥분이 가라앉자 몸이 늘어지려고 했지만 사람들은 마지막 할 일을 위해서 기꺼이 나섰다.

화염초

웨어울프 세 마리와 회색 늑대 260여 마리.

엄청난 전과였다.

약초꾼 마흔두 명을 포함해서 육십여 명이 올린 전과로 보기에는 어려울 정도로 말이다.

이번 전투를 통해서 자연스럽게 리더가 된 가온은 전리품의 분배에 대한 질문을 받고 각자 지고 갈 수 있을 만큼 챙기라고 했다.

회색 늑대는 마수가 아니기 때문에 질긴 가죽 외에는 챙길 만한 전리품이 없었다.

큰 덩치만큼 무거워서 두 장 정도가 한계지만 그래도 회색 늑대의 가죽은 꽤 고가에 팔리기 때문에 모두 높은 추가 수

입을 기대할 수 있었다.

사람들은 자신이 질 수 있을 정도의 가죽을 도축했다. 험한 세상에서 살아온 만큼 약초꾼들도 도축에 능해서 1인당 서너 장은 금방 벗겨 낼 수 있었다.

귀를 자르는 것도 잊지 않았다. 회색 늑대의 귀를 잘라서 헌터국에 보여 주면 마리당 은화는 아니더라도 동화 10개 정도는 받을 수 있었기 때문이다.

웨어울프 세 마리의 마정석과 가죽은 온전히 가온의 몫이었다.

굳이 챙길 생각도 하지 않았는데 사람들이 알아서 도축을 해서 가져다주었다.

가죽 한 장은 목부터 상체를 대각선으로 갈랐기에 가치가 많이 떨어졌지만 두 장은 이마와 심장 부분에만 구멍이 있을 뿐 최상의 상태였다.

가온은 작업이 끝난 후 2시간 정도 휴식을 가지기로 했다. 지금까지는 승전으로 인한 고양감과 흥분으로 인해서 못 느낄 테지만 곧 심한 피로감을 느낄 수밖에 없었다.

하지만 워낙 햇살이 강렬해서 사람들이 제대로 쉴 수 없는 상황이라서 병사들이 소지한 창과 도축한 생가죽으로 거대한 그늘막을 만들도록 했다.

세지는 않아도 바람이 불고 있어서 햇빛만 차단해도 시원했다.

"자, 다들 한잔하고 충분히 쉰 후에 출발합시다!"

사람들이 작업을 하는 사이에 가온은 아공간 팔찌에서 작은 맥주 통 두 개를 꺼내 사람들이 눈치채지 못하게 아이스 마법으로 맥주를 시원하게 만들어 두었다.

성 밖 출입이 많은 이곳 사람들은 자신의 식기를 가지고 다녔기에 따로 컵까지 꺼낼 필요는 없었다.

"크아아! 이렇게 맛있는 맥주는 처음 마셔 봅시다!"

"이렇게 시원하고 목 넘김이 부드러운 맥주가 있다니!"

사람들은 시원하고 청량한 맥주의 맛과 풍미에 크게 놀랐지만 출처를 묻지는 않았다. 그것보다 더 사람들의 관심을 끄는 것이 있었기 때문이다.

'아공간 아이템을 가지고 있다니!'

'실력만 치면 실버 패 이상이라고 하더니 분명 대단한 가문 출신일 거야!'

마도공학이 발달한 이곳에서도 아공간 아이템의 가격은 상상을 초월할 정도로 높다. 일반에게 알려지기로 125세제곱미터의 아공간을 가진 아이템이 가장 용량이 큰데 수십만 골드에 달할 정도였다.

거기에 중급 마수이면서 늑대들을 거느리고 있어 사냥하기 까다로운 웨어울프 세 마리를 순식간에 처리할 정도로 뛰어난 무력을 가지고 있으며 폭발시라는 놀라운 궁술 스킬까지 발휘할 정도의 강자이니 보통 사람은 아닌 것은 분명

했다.

하지만 그들의 생각은 더 이상 뻗어 나가지 못했다. 입안과 목을 시원하게 적셔 주는 맥주의 맛과 풍미가 그들의 혀는 물론 전투로 인해서 극도로 긴장했던 신경과 뇌까지 사로잡은 것이다.

사실 가온의 정체가 가장 궁금한 사람은 바로 척이었다.

'분명히 깊은 산속에 있는 오지 시티 출신이라고 했고 세상 물정을 잘 모르는 모습을 보면 맞는 것 같은데 어떻게 이렇게 뛰어난 맛과 향을 가진 맥주를 통으로 아공간 아이템에 넣어서 가지고 있는 거지?'

단위 면적당 생산량도 높고 쉽게 주조할 수 있는 와인이라면 몰라도 어느 곳이든 부족한 곡물, 맥주보리로 빚은 맥주는 굉장히 귀하고 그만큼 비싸다.

그런데 가온은 그런 맥주를 두 통이나 흔쾌히 내놓았다.

'혹시 세력 싸움에서 밀려 오지로 피신했거나 아주 특별한 임무를 받고 시티를 나온 엄청난 가문 출신인가? 맞아! 이렇게 젊은 나이에 폭발시처럼 높은 마나 운용 능력이 필요한 스킬을 쓰는 것을 보면 어릴 때부터 체계적인 고급 무술을 배우고 익힌 것이 틀림없어!'

척이 생각할 수 있는 유일한 가능성은 그것이었다.

'아무튼 온 님과 동행하길 잘했어!'

사실 척은 굳이 이 의뢰를 벌써 받을 필요가 없었다. 아직

기한이 많이 남았기 때문이다.

하지만 생명의 은인인 가온이 세상 물정을 잘 모르는 것 같아서 은혜를 갚고 상식을 알려 줄 생각으로 동행한 것인데 이런 전과를 올리게 되었으니 자신의 결정이 만족스러울 수밖에 없었다.

가온 일행이 목적지인 파트론산에 도착한 시간은 정오를 막 넘겼을 때였다. 웨어울프의 습격과 휴식으로 인해 지체가 된 것이다.

하지만 사람들의 표정은 무척 밝았다. 굳이 귀한 약초를 찾지 못해도 각자 메고 온 회색 늑대의 가죽만으로도 꽤 큰 돈을 확보한 상태였다.

가온 일행은 털이 듬성듬성 난 황소가 누운 형상의 파트론 산의 아랫배 부분에 해당하는 기슭의 작은 숲에서 식사를 겸해서 잠시 휴식을 하기로 했다.

원래 병사와 용병은 제대로 인사를 하는 사이는 아니었지만 웨어울프 사냥을 통해 어느 정도 동료애가 쌓인 상태라서 함께 식사를 하게 되었고 자연스럽게 약초꾼들은 그들끼리 식사를 하게 되었다.

식사라고 해야 짜고 굳은 육포와 딱딱한 빵 그리고 물밖에 없었지만 분위기는 아주 좋았다.

하지만 한 약초꾼의 말에 다른 약초꾼들의 기분이 가라앉았다.

"앞으로 온 님과 같은 강자의 호위를 받을 일은 없겠지?"

"그렇겠지. 척 님에게 들었는데 어제 등록을 해서 우드 패를 받은 것이지 실버 패까지는 금방 받을 거라고 하시더라."

"목숨도 건졌고 회색 늑대의 가죽까지 챙겼으니 오늘 우리의 운이 너무 좋아!"

"맞아! 우리 처지에 어떻게 저런 강자의 호위를 또 받을수 있겠어."

동료들의 얘기를 가만히 듣고 있던 테인의 눈빛이 강하게 번뜩였다.

"자, 모두 들어 봐."

테인은 일단 동료들의 이목을 집중시켰다.

"오늘은 다른 데 들를 생각을 하지 말고 곧장 과데인 협곡으로 가자!"

"설마 화염초를 채취할 생각인 거요?"

노련한 약초꾼들은 대번에 테인의 의도를 알아차렸다.

"맞아! 지금이 화염초와 한빙초의 열매가 익을 때잖아. 온님의 실력이라면 한빙초는 몰라도 우리가 화염초를 채취하는 동안 실라스로부터 우리를 지켜 주실 거야! 다들 그분이 날아다니는 거 봤잖아."

테인의 말에 약초꾼들을 다들 고개를 끄덕였다. 가온이 마치 새처럼 가볍고 빠르게 날아다니며 회색 늑대들을 사냥하는 모습을 모두 지켜봤다.

"으음. 그렇긴 한데 병사들과 용병들이 가려고 할지 모르겠네."

평균적으로 폭이 불과 5미터에서 10미터밖에 되지 않지만 높이는 무려 300미터에 이르는 과데인 협곡은 포션과 영약의 주재료인 화염초와 한빙초가 동시에 자라는 희귀한 장소지만 실라스라고 불리는 날아다니는 작은 뱀들이 서식했다.

실라스는 투명하게 보이는 가는 몸에 옆구리에 날개처럼 생긴 피막이 달려 있어서 거리가 짧은 건너편 절벽까지는 화살처럼 날아갈 수 있었다.

그런 실라스는 무척 위험한 존재였다. 빛이 들어오지 않아서 어두운 협곡 내에서 화살처럼 빠르게 날아가는 것도 그렇지만 한번 물리면 불과 1분도 버티지 못하고 중독되어 죽을 정도로 치명적인 독을 품고 있었다.

마정석을 품고 있는 마수답게 꼬리로 바닥을 강하게 박차고 도약을 하고 심지어 바람을 타고 빠르게 위아래로 날 수 있는 실라스는 무리 지어 공격을 하기 때문에 어지간한 실력이 아니면 감히 상대할 엄두도 내지 않을 정도로 위험한 마수였다.

"채취만 한다면 대박이기는 하지. 위쪽에 있는 화염초 열 포기만 채취해도 우리 모두 한동안 편하게 살 수 있어!"

"온 님이 과연 가 주실까?"

"그건 나중에 생각하고 일단 말이나 드려 보자고."

약초꾼들의 동의를 받은 테인은 조심스럽게 가온 쪽으로 향했다.

"화염초와 한빙초가 각각 강렬한 열기와 한기를 가지고 있다고요?"

테인의 말을 들은 가온은 강렬한 흥미가 일었다.

"네. 맨손으로 잡으면 화상이나 동상을 입을 정도입니다. 그리고 가장 강한 열기와 한기는 열매가 품고 있어서 꼭 열매까지 채취해야 합니다."

"멉니까?"

"아, 아닙니다! 1시간 정도만 더 가면 됩니다."

"내가 실라스라는 마수만 처리해 주면 됩니까?"

"네? 아, 네!"

테인은 실라스에 대한 설명을 하려고 했지만 가온은 아무런 관심이 없었다.

'그런 영초가 이곳에도 있다니 잘됐네.'

가온은 강렬한 양기와 음기를 가졌다는 화염초와 한빙초에 대한 설명을 듣고 혼자 가 볼 생각까지 했다.

특히 한빙초에 대한 관심이 컸다. 현재 자신의 몸에는 강렬한 양기가 곳곳에 자리하고 있어서 해결책이 필요했는데 한빙초라면 큰 도움이 될 것 같았다.

'기회가 왔을 때 음기를 품고 있는 영약이나 영초를 부지런히 채취해야 해!'

다스리지 못하는 양기는 위험했다.

"온 님, 쉽게 결정할 일이 아닙니다. 과데인 협곡은 좀, 아니 굉장히 위험합니다!"

옆에서 테인과의 대화를 듣고 있던 척이 다급한 얼굴로 대화에 끼어들었다.

"실라스 때문입니까?"

"그렇습니다. 과데인 협곡 안에 서식하는 실라스가 얼마나 많은지 아는 사람은 아무도 없습니다."

"그곳에서 화염초나 한빙초를 채취하는 사람이 전혀 없습니까?"

"그건 아닙니다. 가끔 마탑에서 재료를 채취하러 가곤 합니다. 하지만 그럴 경우에도 5서클 이상의 마법사들이 대거 포함됩니다. 물론 그런 경우에도 간혹 사망자들이 나오고요."

"그 정도면 내가 해결할 수 있습니다."

가온의 말에는 단호함과 더불어 강한 자신감이 깃들어 있어 척은 더 이상 만류할 수가 없었다. 막 말을 더하려고 했던 아프람 역시 마찬가지였다.

'폭발시를 사용할 정도의 마나 운용력이라면 실라스를 사냥할 수 있는 다른 비전도 있겠지.'

그런 생각이 들었기 때문이다.

그때 테인이 척과 아프람의 눈치를 보며 조심스럽게 입을 열었다.

"협곡 아래로 내려갈 생각은 전혀 없습니다. 밝은 계곡 위쪽에 자라는 화염초를 열 포기만 채취하면 우리 모두에게 50골드씩은 떨어질 겁니다."

테인의 말에 두 사람은 더 이상 반대하지 않았다. 약초꾼을 호위하는 병사나 용병에게는 그날 채취한 약초를 판매한 돈을 균등하게 분배하는 것이 암묵적인 룰이었는데 개인당 50골드라면 엄청난 수익이었기 때문이다.

상행으로 많은 골드를 얻기는 했지만 이곳의 물가에 대해 잘 모르는 가온도 사람들의 태도가 변하는 것을 보고 50골드가 꽤 거금이라는 사실을 알 수 있었다.

산을 헤집으며 다양한 약초를 채취하는 것이 아니라 화염초와 한빙초를 채취하러 가기로 했다는 소식에 병사들과 용병들은 잠시 놀랐지만, 개인당 떨어질 돈은 물론 가온의 존재를 생각하고는 이내 고개를 끄덕였다. 그의 존재감으로 인해서 불안함이 가셨기 때문이다.

무엇보다 약초꾼들을 보호하기 위해서 험준한 산을 오르내리는 것을 피할 수 있다는 것만으로도 마음에 들었다.

1시간 후, 일행은 무사히 과데인 협곡의 아래쪽에 도착했다.

"후아! 떨어지면 뼈도 못 추리겠네!"

폭은 넓은 곳이라고 해 봐야 10미터 정도에 불과하지만 워낙 높아서 아래쪽은 마치 심연처럼 전혀 보이지 않았다. 게다가 절벽 면이 구불구불해서 해가 중천에 떠 있는 지금 시간에도 햇빛은 절벽의 중간까지 닿지 않았다.

고오오오오!

때마침 바람 한 줄기가 협곡 사이를 통과하면서 들리는 소리에 사람들은 무의식중에 부르르 떨었다. 정말 음산했기 때문이다.

잠시 숨을 돌린 약초꾼들 중 테인을 포함한 세 명이 메고 있던 배낭에서 밧줄을 꺼내어 자신의 몸에 묶기 시작했다. 그들이 화염초를 채취하기로 결정된 모양이다.

"화염초가 저겁니까?"

자신의 몸에 밧줄을 묶은 테인이 여분의 밧줄을 들고 자신에게 다가오자 가온이 한 곳을 가리키며 물었다.

햇빛이 비치는 10여 미터 아래 지점의 절벽 틈새에서 자라는 붉은 줄기와 붉은 꽃잎을 가진 식물에 꽂혀 있었다.

마치 타오르는 불꽃처럼 선홍색의 잎과 아주 작은 열매들이 확 눈에 들어왔다.

"마, 맞습니다!"

이제야 화염초를 발견한 테인이 화색이 되어 대답했다.

"실라스는 안 보입니다만."

"실라스는 절벽 사이의 좁은 틈 속에 사는데 공기의 진동을 감지하는 능력이 있어 협곡 안으로 들어오는 모든 존재를 공격한다고 알려졌습니다."

"혹시 마법사들이 저 화염초를 어떻게 채취하는지 압니까?"

"마법사가 밧줄에 몸을 묶고 내려가면서 일정한 거리마다 멈춰 빙계(氷係) 마법을 펼쳐서 실라스의 활동을 약화시키면 바로 붙어서 내려가던 노련한 약초꾼이 태양초를 채취하고 신호하면 위에서 곧바로 밧줄을 끌어당기는 방식입니다. 돌을 얼리는 아이스 마법으로도 실라스의 활동을 아주 잠시 멈출 수 있을 뿐이어서 무척 위험하다고 합니다."

"그럼 한빙초는요?"

가온은 화염초에는 별 관심이 없었다.

"한빙초는 주로 협곡의 폭이 가장 넓은 지역에서 채취하는데 몸에 두른 강판으로 실라스의 공격을 서너 번 막을 수 있는 극소형 타이탄이 있어야 합니다. 원래 이맘때는 마탑들이 한빙초 채취를 하니 협곡의 중앙 부분에서 채취 작업을 하고 있을 것 같습니다."

"타이탄?"

가온은 뜻밖의 단어에 깜짝 놀랐다.

타이탄이라니! 이 세계에 타이탄이 존재한단 말인가?

"한빙초는 협곡의 바다 쪽에서 발견되기 때문에 마법사라고 해도 직접 채취하는 건 아주 어렵습니다. 그래서 가벼우면서도 장갑의 연결 부위가 잘 드러나지 않는 8룩셀급의 극소형 타이탄인 에르소를 이용한다고 들었습니다. 물론 밧줄 몇 개로 고정한 후 밧줄을 바닥까지 내렸다가 끌어 올리는 방식으로 채취하는 건 동일합니다."

가온은 시스템이 전해 준 이 세상에 대한 정보에도 없었고 이곳에 와서 처음 듣는 타이탄에 큰 관심이 생겼지만 지금은 상황이 상황이라 더 이상 묻지는 않았다.

"실라스는 어떻게 처리합니까?"

"실라스는 비늘이 없고 몸이 투명에 가까워서 방호력은 크게 떨어진다고 합니다. 다만 인간의 동체 시력을 뛰어넘을 정도로 굉장히 빠르게 날아다니기 때문에 뛰어난 육감과 검에 마나를 담을 정도의 실력이 있어야 처리할 수 있습니다."

마침 가까이 접근한 아프람이 테인을 대신해서 대답했다.

"그럼 빨리 화염초부터 채취합시다!"

"그, 그런데 밧줄을 묶어야……."

밧줄을 들고 있는 테인이 서두르는 가온을 보며 조심스럽게 말했다.

"난 필요 없습니다."

절벽의 상태를 살펴본 가온은 표면이 울퉁불퉁해서 잡거나 디딜 곳이 많다는 사실을 이미 확인했다.

누군가 잡고 있을 밧줄은 오히려 움직임을 구속할 것 같았다.

"하, 하지만……"

"준비가 되었으면 바로 시작하지요. 내가 먼저 내려가겠습니다."

가온은 그 말과 함께 협곡 아래쪽으로 뛰어내렸다.

경악한 사람들이 다투어 협곡의 가장자리로 달려왔지만 가온은 왼손과 두 발만으로 마치 도마뱀처럼 절벽 면에 안정적으로 붙어서 빠르게 아래로 내려가고 있었다.

물론 자유로운 오른손에는 시퍼런 검기가 생성된 단검이 들려 있었다.

"헙!"

검기다! 약초꾼들이야 볼 일이 없겠지만 병사와 용병도 검기를 간혹 본 적이 있었다.

하지만 두 사람은 크게 놀라지 않았다. 척과 아프람이었다.

'익스퍼트인 줄은 알았지만 검기를 발현한 상태에서 저렇게 자연스럽게 움직이는 것으로 봐서는 최소한 익스퍼트 중급 이상의 실력을 가졌구나.'

익스퍼트 중급은 전사를 기준으로 해도 중급 혹은 상급에 해당할 정도로 강자다.

절벽 면은 생각보다 풍화가 심해서 힘을 주면 부스러지는 암석으로 구성되어 있어 밧줄에 의지하지 않으면 추락하기 쉬웠다.

'암석이 이렇게 푸석푸석하니 틈에서 식물이 자라겠지.'

아마 절벽 면이 매끄러운 화강암이었다면 아무리 틈이 있다고 해도 화염초가 뿌리를 내리지 못했을 것이다.

가온은 왼손과 양발에 마나를 주입해서 절벽 면에 깊이 박아 넣는 방법으로 나름 안정적으로 내려갔다.

가온이 내려가자 테인이 서둘러 밧줄의 한쪽을 협곡의 가장자리와 가까운 큰 바위에 묶었다.

그리고 동료들에게 짧게 부탁을 하고 협곡 아래로 내려가기 시작했다.

대략 8미터 정도 내려갔을 때 가온은 급속하게 올라가는 열기와 함께 미세한 소음을 들었다.

손바닥으로 바위 표면을 쓸어내릴 때 나는 소리와 비슷했다.

그 소리를 듣는다고 해도 어지간해서는 소리가 나는 곳을 특정할 수 없을 테지만 가온의 눈은 반대편 절벽 면에 보이는 많은 틈새를 훑고 있었다.

'실라스들의 서식지가 화염초가 자라는 곳과 반대편에 있는 절벽 면이구나! 그럼 더 쉽게 처리할 수 있지.'

원래 가온이 생각했던 위험은 화염초와 가까운 절벽 면의 구멍이나 틈에서 실라스가 튀어나오는 것이었다. 그래서 그런 조짐이 보이면 점핑 앤 플라잉 스킬을 이용해서 양쪽 절벽 면을 오가면서 처리할 생각이었다.

위에서 테인이 내려오는 소리를 들은 가온이 더 아래로 내려갔다.

그리고 그 순간 그의 감각이 자신을 향해 날아오는 투사체의 존재를 감지했다.

'엄청나게 빠르네!'

놀랍게도 실라스가 날아오는 속도는 마나를 담아서 쏘는 화살만큼이나 빨랐다.

하지만 이 정도는 가온에게 전혀 문제가 되지 않았다.

싸악!

가온의 오른팔이 눈이 좇지 못할 속도로 움직였다. 그리고 그 직후 뻗은 왼손에는 마수를 상징하는 푸른 피가 흐르는 실라스의 몸통이 잡혀 있었는데 굵기는 볼트와 비슷했고 몸길이는 볼트의 3분의 2 정도였다.

'호오! 몸통과 피는 한기를 품고 있고 힘이 굉장하네!'

머리가 잘려 나갔음에도 불구하고 가온의 손을 빠져나가려는 몸통의 움직임에는 강한 힘이 실려 있었는데 놀랍게도 중급 마정석에 해당하는 마나를 품고 있었다.

특기할 점은 몸통과 피에서 엄청난 음기와 독 기운이 느껴진다는 점이었다.

한빙초의 음기가 어느 정도인지는 모르겠지만 이 정도의 음기를 품은 생물은 한 번도 본 적이 없었다.

'이 정도면 내 몸의 양기가 문제를 일으켰을 때 도움이 될 것 같네.'

약초꾼들이 욕심을 낸 덕분에 자신에게는 영약이나 다름 없는 화염초를 챙길 수 있게 되어 기분이 좋아졌다.

'녹스, 이것도 챙겨!'

협곡 아래로 내려가기 전 녹스를 미리 소환해 두었다. 독 때문이었다.

중독될까 봐 걱정이 된 것이 아니라 녹스에게 새로운 독을 수집할 기회를 주기 위해서였다.

ㅡ호호호! 오랜만에 아주 강력한 독을 챙기게 되었네.

이미 협곡 바닥에 떨어진 실라스의 머리통을 챙긴 녹스가 거세게 꿈틀거리는 실라스의 차가운 몸통을 자신의 아공간 에 챙겨 넣었다.

그때부터 동족의 죽음을 감지하고 분노한 실라스들이 마 치 화살처럼 집중적으로 날아오기 시작했다.

슈슈슈슈슛!

파바바바밧!

순식간에 생성된 시퍼런 막에 화살처럼 날아오던 실라스 들이 몸이 잘리거나 튕겨 나갔다.

검막은 테인의 발이 가온의 머리 위치까지 내려왔을 때 사라졌다.

　물론 검막에 잘리거나 튕겨 나간 실라스들은 모두 녹스의 아공간으로 사라졌다.

　'이게 끝인가?'

　그건 모르겠지만 전방의 절벽 면에서는 더 이상 실라스의 기척이 느껴지지 않는 것은 사실이다.

　"빨리 화염초를 채취하세요!"

　가온의 말에 그의 옆까지 내려온 테인이 절벽의 틈 사이로 조심스럽게 손을 넣어서 화염초의 뿌리를 뽑아냈는데 붉고 작은 열매가 얼마나 가벼운지 작은 움직임에도 떨어져 바람을 타고 날았다.

　아무튼 테인은 그렇게 채취한 화염초를 옆구리에 달고 있는 망태기에 집어넣었는데 줄기와 잎 그리고 열매에서 방출되는 고열에 얼굴이 벌겋게 달아올라 있었다.

　아쉽게도 화염초는 몰려 있지 않았다. 상하좌우로 대략 3미터 정도의 간격을 두고 자라고 있었다. 그래서 다른 화염초를 채취하려면 더 내려가거나 양옆으로 이동을 해야만 했다.

　물론 체온을 조절할 수 있는 가온에게 문제 될 것은 없었다.

　단지 밧줄을 잡고 내려온 테인이 문제가 될 뿐이었다.

　화염초가 뿜어내는 열기로 인해 벌써부터 얼굴이 시뻘겋

게 달아오른 테인은 굵은 땀을 흘리고 있었는데, 연신 눈을
끔뻑거리는 것이 땀 때문에 잘 보이지 않는 모양이다.

'그러고 보니 밧줄 상태가 별로 안 좋은 것 같은데 빨리 끝
내야겠네.'

언뜻 본 것이라서 확실하지 않지만 밧줄이 상당히 닳은 상
태인 것 같았다.

밧줄의 상태를 상기한 가온은 양옆으로 이동하는 것을 포
기하고 더 아래쪽으로 내려갔다.

대략 3미터 정도 내려오니 다른 화염초가 보였는데 역시
고열을 발산하는 빨간 열매가 맺혀 있었다.

'또 온다!'

마침 부는 바람으로 인해 소음으로 인해서 이번에는 미
세한 소음을 듣지 못했지만 위험한 감각이 척추를 타고 흘
렀다.

파바바바밧!

검기를 두른 단검은 순식간에 검막을 만들어 냈고 또다시
화살처럼 빠르게 날아온 20여 마리에 달하는 실라스가 절단
되거나 튕겨 나가더니 이내 사라졌다.

'화염초 한 포기를 지키는 실라스가 대략 20마리에 달한다
는 거군.'

생각건대 화염초는 실라스의 생태에 무척 중요한 존재인
것 같았다.

그렇지 않고서는 이렇게 저돌적으로 공격하지 않을 테니 말이다.

물론 검기로 검막을 생성할 수 있는 가온에게 실라스는 문제 될 것이 없었다.

문제는 테인의 밧줄에 있었다.

테인이 네 포기째 화염초를 채취해서 망태기에 넣었을 때 갑자기 그의 몸이 아래쪽으로 떨어졌다. 협곡 가장자리의 바위에 닿은 밧줄이 견디지 못하고 결국 끊어진 것이다.

"억!"

땀이 나기가 무섭게 말려 버리고 피부를 단숨에 녹여 버릴 수 있는 고열을 방출하는 열매 때문에 망태기에 화염초를 넣는 데 집중하고 있었던 테인은 제대로 비명조차 지르지 못하고 아래로 떨어져 내렸다.

하지만 그는 운이 아주 좋았다. 눈에 들어오는 화염초로 인해서 테인에 앞서 아래쪽으로 내려가고 있던 가온이 그 상황을 감지한 것이다.

턱!

절벽 면을 딛지 않았던 가온의 발이 채찍처럼 휘어지면서 테인의 엉덩이를 위로 가볍게 걷어찬 것이다.

그리고 순간적으로 체공한 그의 몸을 단검을 놓은 가온의 손이 잡아챘다.

"흐으윽!"

죽다가 살아난 테인의 얼굴에는 순식간에 창백해졌고 눈에 초점이 잡히지 않았다.

가온은 그런 그의 옷깃을 움켜쥐고 위로 올라가기 시작했다.

한빙초

순식간에 절벽 위로 올라간 가온은 다른 사람들에게 테인을 맡기고 내려올 준비를 하고 있는 다른 약초꾼에게 망태기를 달라고 했다.

"협곡 가장자리가 너무 날카로워서 또다시 밧줄이 끊어질 수 있으니 차라리 내가 채취하는 편이 낫겠습니다."

위쪽에서도 예의 주시했지만 워낙 순식간에 벌어진 일이라 어찌할 바를 모르고 있었다. 그렇기에 그들은 가온이 원하는 대로 해 줄 수밖에 없었다.

그들이 약초 채취를 위해 사용하는 밧줄들은 워낙 오래 사용했기에 낡아 버려서 날카로운 협곡의 가장자리를 감당할 수가 없었다.

협곡의 폭이 워낙 좁아서 20미터 정도 내려가니 사람들의 눈에 가온의 모습이 보이지 않았다. 그래서 사람들은 걱정이 가득한 얼굴로 가온이 무사히 올라오기만 기다릴 수밖에 없었다.

대략 10분 정도가 지나자 가온이 다시 올라왔는데 망태기는 붉은 열매들이 달린 화염초로 가득했다.

곧 확인을 해 봤는데 테인과 가온이 채취한 화염초는 21포기에 달했다.

"세상에!"

약초꾼들은 물론 병사들과 용병들이 좋아서 펄쩍펄쩍 뛰었다. 그도 그럴 것이 열매가 온전히 달려 있는 화염초는 포기당 족히 1천 골드를 호가했기 때문이다.

물론 가온은 따로 더 챙겼다. 안 그래도 정령들에게 부탁하려고 했는데 카우마가 먼저 부탁을 해 왔던 것이다.

'네게도 도움이 되는 거야?'

ㅡ네, 주인님.

'그럼 열매가 익은 것들만 챙겨.'

얘기를 들어 보니 사람들이 주기적으로 필요한 약초인 것 같은데 모두 채취하면 문제가 생길 것 같았다.

ㅡ알겠어요. 그런데 이 긴 협곡의 상층부 전체에 걸쳐서 자라고 있어서 어느 정도 채취를 해도 표시가 안 날 것 같아요.

그럼 더욱 문제 될 것이 없었다.

나머지 채취는 카우마에게 맡기고 협곡 위로 올라온 가온은 화염초를 넘겨주고 바로 테인을 찾았다.

그는 놀라기는 했지만 경력이 많아서 그런지 금세 진정한 상태였다.

"한빙초가 자라는 곳에 한번 가 보고 싶습니다."

녹스에게 확인해 보라고 했는데 협곡 바닥 쪽에 자라는 다른 풀은 없다고 했다. 자라는 곳이 따로 있다는 얘기였다.

"한빙초를 채취하려면 협곡 아래로 내려가야 합니다. 그리고 그곳에는 더욱 극성스러운 종류의 실라스가 서식하고 있고요."

테인은 가온이 화염초보다는 한빙초에 더 관심을 가지고 있다는 사실을 알았지만 타이탄이 없으면 채취는 불가능하다고 생각했다.

햇빛이 전혀 들지 않는 협곡 바닥에는 온갖 독물들이 서식하는 데다가 치명적인 극독을 품고 있는 실라스의 변종이 서식하고 있었다.

"한빙초도 한빙초지만 타이탄이 궁금해서요."

"아, 알겠습니다!"

테인은 한빙초가 아니라 타이탄을 구경하고 싶다는 가온의 말에 고개를 끄덕이며 안내를 수락했다. 생각보다 쉽고 안전하게 화염초도 채취해서 시간도 여유가 있었고 두 번에 걸쳐 자신의 목숨을 구해 준 은인의 부탁이니 기꺼이 받아들인 것이다.

'하긴 저 나이라면 기갑 무기의 최종판이라고 할 수 있는 타이탄을 직접 눈으로 보고 싶을 거야!'

도시 국가의 최강, 최고 전력이지만 제작비가 천문학적이고 마나를 능숙하게 운용할 수 있는 실력자만이 탑승할 수 있기에 어지간한 위기가 아니면 나서지 않아 일반인들은 거의 볼 수 없는 것이 타이탄이라고 했다.

협곡의 가장자리를 따라 위쪽으로 이동하길 1시간.

"저곳입니다!"

테인이 가리킨 곳은 지나온 협곡 구간과 달리 폭이 대략 30여 미터나 되었는데 그런 구간은 불과 100여 미터에 불과했다.

그런데 예상한 것처럼 그곳에는 선객들이 있었다. 다양한 색과 디자인의 로브를 착용하고 지팡이를 들고 있어 마법사로 보이는 인물들과 전사들이었는데 마침 이쪽과 아는 인물도 있었다.

"아프람!"

"가리엘 전사장님!"

아프람은 눈매가 사납고 거친 수염이 다듬어지지 않아 더욱 거칠게 보이는 중년 사내가 자신의 이름을 부르자 군기가 바짝 든 자세로 그를 향해 주먹 쥔 손을 가슴에 붙여 경례를 했고 병사들도 그 뒤를 따랐다.

"이곳에는 어쩐 일, 아! 약초꾼들을 호위하는 임무를 수행 중이었군."

전사장이라고 불린 중년 전사 가리엘은 아프람과 동행하고 있는 약초꾼들을 보고 대번에 상황을 알아차렸다.

"그렇습니다."

"설마 한빙초를 채취하려고 온 건가?"

"그, 그게 아니라……"

그때 뒤에 있던 마법사 한 명이 다가왔다. 풍성하고 흰 수염 그리고 깊은 혜지가 느껴지는 맑고 강한 눈빛이 아주 인상적인 노인이었다.

"혹시 화염초를 채취했나?"

마법사는 약초꾼들이 신줏단지 모시듯 조심스럽게 내려놓는 바랑을 한번 쳐다보더니 그렇게 물었다.

"아, 네! 그렇습니다!"

아프람은 그 노마법사를 알고 있기는 한데 신분이 높은 듯 떨리는 목소리로 대답했다.

"몇 포기나 되나?"

"21포기입니다."

"호오! 고생했군. 그쪽으로 갈 필요가 없어졌으니 내 포기 당 1천 골드씩 쳐주지."

"네! 감사합니다!"

약초꾼들은 물론 병사들과 용병들까지 노마법사를 향해 허리를 깊이 숙여 고마움을 표시했다. 보통 마탑의 구매 부서에서는 가격을 후려치기 일쑤였지만 노마법사는 자신들이 생각하는 것과 비슷한 가격에 매수해 주었기 때문이다.

"그런데 그것들은 또 뭔가?"

가리엘이라고 불린 전사가 일행이 어깨에 짊어지고 있는 가죽을 보고 물었다.

"오는 길에 웨어울프가 이끄는 회색 늑대들을 만났습니다."

아프람의 대답에 가리엘 전사장과 노마법사는 물론 뒤에서 이쪽을 주시하던 이들이 놀란 얼굴로 하나둘 모여들기 시작했다.

"겨우 이 인원으로 200마리가 넘는 회색 늑대를 사냥했다고?"

가온을 제외한 일행의 양어깨에는 회색 늑대의 가죽이 두세 장씩 얹혀 있으니 최소 200마리를 상대했다는 사실을 알 수 있었다.

"200이 아니라 300마리였습니다."

"그, 그럼 웨어울프는?"

"온 훈 님께서 웨어울프 세 마리를 포함해서 대부분의 회색 늑대를 사냥했습니다."

"온 훈?"

경악한 사람들의 눈은 자연스럽게 아프람이 향하는 곳으로 향했다.

가온은 사람들의 이목이 자신에게 집중되었지만 여전히 무심한 얼굴로 고개를 숙여 묵례를 할 뿐이었다.

"혹시 용병인가?"

가온 앞으로 다가온 노마법사가 살짝 얼굴을 찡그리며 물었다.

"깊은 산속에 자리한 작은 시티에서만 살다가 보름 전에야 세상에 나와서 어제 알펜 용병 길드에 등록한 온 훈이라고 합니다."

도시가 국가 규모일 정도로 거대한 곳도 있지만 마수와 몬스터도 접근하기 어려운 험준한 곳에서 거주지를 만들어서 사는 이들도 많았기 때문에 소개의 내용이 이상한 것은 아니다.

도시와 도시 사이의 거리가 워낙 멀기 때문에 일반인들은 평생 다른 도시에 가 볼 일이 없는 것이 현실인 상황이니 이름도 알 수 없는 도시 출신이라는 점이 유일하게 호기심을 끌어냈다.

"하아! 이 나이에 마나는 물론이고 기세마저 제대로 갈무리할 정도라니! 차라리 전사의 전당에 등록을 하지 그랬나?"

생면부지의 인물이었지만 노마법사는 진짜로 아쉬운 얼굴

을 했다.

"원로들께 임무를 받고 나온 터라서 세상을 돌아다녀야 하는지라……."

"그런 사정이 있었군. 난 메겔레라고 하네."

메겔레는 가온의 상황을 금방 이해했다. 명예는 물론 능력에 맞는 대접을 받는 전사는 도시에 소속되지만 용병의 경우에는 적게는 다섯 개, 많게는 스무 개가 넘는 도시에 지부를 두고 있는 총본부가 있어서 그나마 이동의 자유가 있었다.

"자네가 있었기에 이렇게 빨리 많은 화염초를 채취한 거로군."

"맞습니다. 온 님이 실라스들을 모조리 처치했습니다."

아프람이 가온을 대신해서 대답했다.

그때 협곡 가장자리에 걸쳐져 있는 밧줄에 매달린 종이 미친 듯이 울리기 시작했다.

땡! 땡! 땡! 땡!

"비상 상황이다!"

"당장 밧줄을 끌어 올려!"

가온 주위로 몰려들었던 마법사들과 전사들이 심각한 얼굴로 밧줄 쪽으로 달려갔다.

전사들이 용을 쓰며 끌어 올리길 얼마 후 협곡 위로 올라온 물체는 사람을 닮은 금속 기계였다.

키는 대략 3미터에 통통한 동체를 가진 검은 물체는 가온이 어릴 때 즐겨 본 만화 영화에서 나오는 로봇의 외관을 가지고 있었다.

'타이탄이 저렇게 생겼군.'

좀 실망했다. 가온이 생각한 타이탄은 탑승구가 따로 있는 거대한 전투 로봇이었지만 이건 사람의 몸을 두껍고 단단한 장갑으로 두른 형태였다.

그런데 특이하게 접합부가 틈 하나 없이 용접된 외장갑(外裝甲) 곳곳에 녹아서 뚫린 크고 작은 구멍들이 있었고 지금도 녹고 있는 부위도 보였다.

"빨리 나와!"

가리엘은 협곡 위로 무사히 올라왔지만 탑승자가 정신을 차리지 못하는 듯 심하게 비틀거리는 타이탄의 팔을 붙잡고 그렇게 외치며 서둘러 가슴 부위에 있는 단추를 누르려고 했지만 그의 손은 갈 곳을 잃었다.

"젠장! 개폐 버튼이 녹아 버렸어! 날 도와!"

전사들 중 네 명이 달려들어서 힘으로 탑승구를 통째로 뜯어내려고 했지만 버튼은 물론 접합부의 일부까지 강산(强酸)에 녹아 버리는 바람에 장갑은 마치 용접을 한 것처럼 단단하게 결합되어 있었다.

게다가 강력한 산성액으로 보이는 끈적한 액체를 뒤집어쓴 장갑 자체에서 엄청난 고열이 방출되고 있어서 탑승구를 힘으로 뜯어내려고 했던 전사들이 비명과 함께 다투어 손을 떼었다.

상황이 급했다. 장갑 외부가 손을 델 수 없을 정도의 고열을 방출한다면 안쪽에 있을 전사는 그동안 이런 고열을 감당해 왔을 테니 말이다.

메켈레를 포함한 마법사들이 아이스 마법을 펼치려는 듯 주문을 외우기 시작했지만 그것을 기다릴 시간이 없었다.

"다들 비키시오!"

가리엘이 허리에 차고 있던 대검을 꺼내더니 집중했다.

화르르.

천천히 푸른색으로 변하는 대검 밖으로 시퍼런 오러가 흘러나오기 시작했다. 검기였다.

가리엘은 서둘러 대검으로 장갑의 탑승구 가장자리를 자르려고 했지만 소름 끼치는 금속성만 날 뿐 의도한 결과는 발생하지 않았다.

가온은 가리엘이 발현한 검기의 밀도가 낮다는 사실을 알 수 있었다.

"제가 돕겠습니다!"

가온은 적당히 시간을 끌며 단검에 검기를 생성한 후 가리엘의 대검이 지나간 자리를 천천히 가르게 시작했다.

"중급 전사!"

외모가 20대 초반으로 보이는 가온이 검기를 생성하자 여

기저기에서 놀란 탄성이 터져 나왔다. 시간이 좀 걸리긴 했지만 너무나 선명한 검기를 생성한 것이다. 검기를 사용할 수 있는 중급 전사라면 가리엘과 같은 전사장급 강자였다.

물론 중급이라고 해도 다 같은 실력은 아니어서 실력은 천차만별이었고 가온은 방금 전에 보인 검기로 보아 중급 중에서도 굉장한 강자에 속한다.

가온의 검기는 가리엘의 검기가 지나간 선을 따라 타이탄의 전면 장갑에 직사각형을 그렸고 그 작업이 끝나자 기다렸던 가리엘이 손에 마나를 주입한 후 이미 붉게 변한 장갑을 떼어 냈다.

"열렸다!"

둘러싸고 있는 사람들이 무의식중에 물러날 정도로 강렬한 열기와 함께 안쪽이 보였는데 정신을 잃은 것으로 보이는 사람의 형상이 보였다.

"빨리 선을 잘라!"

전사들은 열기를 꾹 참으며 타이탄 안에 있는 사람과 연결된 수많은 선을 잘라 버린 후 반바지 형태의 속옷만 입고 있는 사람을 꺼냈다.

가리엘은 굳은 얼굴로 전신이 시뻘겋게 변해서 기절한 타이탄 탑승자의 가슴에 귀를 댔는데 잠시 후 희색이 되었다.

"메겔레 님!"

"비키게!"

메겔레 마법사는 가리엘이 물러나자마자 주문을 외웠고 잠시 후 타이탄 탑승자의 몸에 새하얀 빛이 스며들었다.

잠시 후 온몸이 빨갛게 익은 전사가 깨어났다.
"어떻게 된 건가?"
"그게, 한빙초 세 포기를 채취한 직후 군락지를 발견했습니다."
"한빙초 군락지가 있었다고?"
한빙초도 화염초와 마찬가지로 지력(地力)을 엄청나게 빨아들여 성장하는 약초이기 때문에 보통 거리를 두고 자란다.
아주 오래전에 화염초 군락지를 발견한 약초꾼들이 대박을 맞았다는 얘기를 들은 적은 있지만 약초꾼들이 내려갈 수 없는 협곡 바닥 쪽에 있는 한빙초의 군락지에 대해서는 들어본 적이 없었다.
"확실합니다. 적어도 20포기 정도는 될 것 같은 군락지였습니다. 감각을 최고조로 올리고 조심스럽게 접근했지만 순간적으로 가해지는 실라스의 독침 세례를 피할 수가 없었습니다. 침이 발산하는 열기가 얼마나 강하던지 마법사님이 걸어 준 배리어 마법이 해제되면서 순식간에 몸이 뜨거워지더군요. 일단 신호를 보낸 후 서둘러 한빙초를 채취하려고 했는데 갑자기 매캐한 냄새를 맡는 것과 동시에 전신에 강렬한 열기가 퍼져서 순간 정신을 잃었습니다. 죄송합니다."

타이탄의 손상된 장갑의 상태로 보아서 한빙초를 지키고 있는 실라스들이 뱉은 것으로 추정되는 침은 강판에 걸어 둔 마법을 해제하고 강철을 녹일 정도의 가공할 열기까지 방출하는 모양이다. 거기에 독연까지 뿜는 능력도 있었고.

　"살았으니 됐다!"

　말은 그렇게 했지만 가리엘의 얼굴에는 수심이 가득했다.

　'미렐이 살았으니 다행이지만 타이탄도 손상되었고 한빙초는 아예 채취하지도 못했으니 이를 어쩐다?'

　그나마 젊은 강자가 포함된 약초꾼 무리 덕분에 화염초를 확보한 점은 다행이지만 이후의 일이 걱정되었다.

　'목적은 이루지 못하고 기가스만 손상되었으니 질책은 피할 수 없겠군.'

　온몸이 익어 버린 미렐은 다행히 치료 마법 덕분에 시간은 좀 걸려도 움직일 수 있겠지만 마나 운용 능력은 어떨지 알 수가 없었다. 피부가 벗겨지고 녹을 정도의 고열에 오래 노출되었기 때문에 내상을 입었을 가능성이 아주 높았다.

　'가만!'

　가리엘은 약초꾼들이 이곳으로 온 것이 이상하다는 사실을 처음으로 깨달았다. 화염초와 달리 협곡 바닥 쪽에 서식하는 한빙초는 약초꾼들의 능력으로는 죽었다 깨어도 채취할 수 없었기 때문이다.

　바로 아프람을 부른 가리엘은 가온의 존재를 두고 고심했다.

'혼자 웨어울프 세 마리를 사냥하고 회색 늑대들은 폭발하는 화살로 사냥했다고 했지. 아이템은 분명 아니라고 했고. 거기에 검기가 발현된 검술로 일정 공간에 막을 만들어서 실라스의 공격을 막았다니 틀림없이 검막을 펼쳤을 거야.'

협곡 위쪽에서 화염초를 채취하는 모습을 목격했던 아프람의 말이 맞는다면 온이라는 청년은 엄청난 마나 운용 능력을 가졌을 뿐 아니라 무려 검막을 펼칠 정도의 검술 고수였다.

자신이 비록 검기를 발현할 수 있어 중급 전사로 인정받기는 하지만 가온에 비해 나은 것은 검기를 더 빨리 생성하는 것밖에 없었다. 그는 검기를 자신보다 오래 유지하는 능력을 가졌을 것이다.

'한번 부탁을 해 볼까?'

화염초와 한빙초는 1년에 한 번 꽃을 피우고 열매를 맺는데 불과 일주일이면 시들어 버린다. 줄기와 뿌리도 약효가 좋지만 가장 중요한 열매의 경우 화염초와 한빙초가 시들 때 완전히 익는 데 실라스들이 먹는 것으로 알려졌다.

그렇다고 다 먹어 치우는 것은 아니고 한 마리가 열매 하나를 먹는다고 알려졌는데 실라스가 화염초와 한빙초의 열매를 왜 먹는지는 알 수 없지만 실라스가 무시무시한 마수라는 점은 확실하다.

용케 실라스가 먹어 치우는 것을 피한다고 해도 흙에 닿은 화염초와 한빙초의 열매는 순식간에 발아하는데 발아한 두 약초는 거의 약효가 없다. 시든 줄기와 뿌리의 경우에도 약효는 크게 감소한다.

　그렇기 때문에 오늘 이 기회를 놓치면 자칫 시티에 소속된 마탑의 재원 중 적지 않은 지분을 차지하는 포션 조제 및 판매에 부정적인 영향을 미칠 수 있었다.

　물론 일단 귀환했다가 더 많은 인원으로 다시 채취를 하러 오거나 추가 지원이 있겠지만 그렇게 되면 자신의 경력에 오점이 생긴다.

　결국 가리엘은 먼저 메겔레에게 자신의 생각을 밝힌 후 함께 가온을 찾아가서 부탁을 했다.

　"보상은 충분히 하겠습니다."

　"한빙초가 몇 포기나 필요합니까?"

　"화염초가 21포기이니 비슷해야 합니다."

　처음과 달리 가리엘의 태도는 정중하게 바뀌었다. 하지만 그런 변화를 누구도 이상하게 여기지 않았다. 직접 확인한 가온은 충분히 대우를 받아야 마땅할 강자였기 때문이다.

　"실드 마법이 내장된 스크롤 다섯 장을 주겠네. 그리고 내려가기 전에 마법으로 어둠에서도 앞을 볼 수 있도록 해 주지."

　메겔레도 지금은 가온에게 매달릴 수밖에 없는 상황이다.

마탑의 실제 주인인 시장으로부터 화염초와 한빙초의 채취 임무를 받고 마법사들을 이끌고 온 책임자가 바로 그였기 때문이다.

"한번 해 보지요."

안 그래도 정령들을 이용해서 한빙초를 채취할 생각이었던 가온에게는 반가운 제의였다.

가리엘이 내주는 밧줄을 마다한 가온은 절벽 면에 붙어서 도마뱀처럼 빠르게 아래로 내려갔다.

50여 미터 정도 내려가니 햇빛이 닿지 않아서 칠흑처럼 어두워졌지만 메겔레 마법사가 걸어 준 나이트 비전 마법 덕분에 큰 어려움은 없었다.

유일한 어려움은 바닥에서 올라오는 독기였는데 메겔레에게 받은 해독약을 미리 먹기도 했지만 독 저항력이 워낙 강해서 문제가 되지는 않았다.

그렇게 어둠을 뚫고 250미터 정도 내려가니 강렬한 한기가 느껴지기 시작했다.

'이제 곧 보이겠네.'

과연 얼마 지나지 않아서 암홍색 잎에 작고 하얀 열매 수십 개가 달려 있는 한빙초가 눈에 들어왔다.

가온은 한빙초를 채취하기 전에 정령들을 모두 소환했다.

'카우마, 실라스가 침을 뱉으면 모아서 열기를 흡수해 버

려! 그리고 녹스는 내가 처리한 실라스를 챙겨서 독을 흡수하고.'

-호호호. 알겠어요.

가온은 오른손에 쥐고 있는 단검에 검기를 생성한 후 왼손과 두 발을 사용해서 가장 강력한 한기가 느껴지는 곳으로 내려가기 시작했다.

'저기다!'

정말로 한빙초 수십 포기가 모여 있었다. 군락지가 맞았는데 좀 멀리 떨어졌지만 비슷한 군락지가 몇 군데 더 있었다.

한빙초 군락지와 가까워지는 순간 머리끝이 위로 솟는 강렬한 위험을 감지한 가온은 검기로 검막을 펼쳤다.

슈슈슈슈슈.

강렬한 열기가 방출되는 미세한 붉은 침들이 마치 독침처럼 검막을 향해 날아왔다.

-제게 맡겨 주세요!

실라스 수백 마리가 동시에 뱉어 낸 붉은 침들은 카우마에 의해서 순식간에 사라졌다. 검막에 닿기 전에 강력한 흡수력으로 빨아들인 것이다.

하지만 그게 끝이 아니었다. 붉은색의 짧은 화살들이 가온을 중심으로 반경 20여 미터를 덮어 버렸다. 붉은색 동체와 피막을 가진 실라스들이었다.

'품고 있는 열기 때문인지 이놈들의 몸은 투명하지 않네.'

그때 카오스가 나섰다.

'저놈들의 처리는 내가 맡을게.'

카오스는 협곡 사이로 부는 바람을 강화해서 수없이 많은 바람의 칼날을 만들더니 가온의 몸을 감쌌다.

바람 칼날들은 빠르게 회전하면서 몸을 화살처럼 날려 오는 실라스의 머리며 동체를 여지없이 잘라 버리거나 튕겨 버렸는데 대략 500여 마리로 추정되는 사체는 녹스가 모조리 챙겼다.

'됐다!'

더 이상의 공격은 없었다. 화염초를 지키는 놈들처럼 실라스 변종의 숫자는 한빙초의 숫자와 비례하는 것 같았다.

100미터 거리 안쪽에서 자라는 한빙초의 숫자를 확인해 보니 열매가 제대로 맺힌 것만 27포기였고 총 34포기에 달했다.

부탁받은 한빙초는 확보했지만 이걸로 그칠 가온이 아니다. 어차피 자신을 위해서 쓸 한빙초가 더 필요했기 때문이다.

'굳이 내가 직접 채취할 필요는 없어.'

실라스가 정령들에게 아무런 해도 끼칠 수 없다는 사실을 확인했으니 굳이 자신이 나설 필요는 없었다.

가온은 정령들로 하여금 한빙초를 최대한 많이 챙기도록 했다. 물론 열매가 제대로 맺힌 것들만 채취하라고 했으니 멸종될 염려는 전혀 없었다.

그사이에 한빙초 한 포기를 손에 쥐고 마나를 주입해서 확인해 본 가온은 만족한 얼굴이 되었다. 어지간한 생물체는 순간적으로 얼려 죽일 정도로 폭발적인 음기를 느낄 수 있었다.

'엄청난 음기를 품고 있어!'

이것이라면 균형에서 어긋난 음양의 조화를 바로잡을 수 있을 것 같았다. 양기가 압도적으로 많은 가온에게는 다른 어떤 영초보다 더 값진 귀물이었다.

실라스는 마수답게 정령의 존재와 움직임도 감지했고 가까이 접근하자 여지없이 공격했다. 화염초를 지키던 종에 비해 능력이 아주 높았다.

하지만 정령들은 그런 실라스를 아주 가볍게 사냥했다. 카오스가 바람 칼날로 만든 검막으로 자신을 감싼 상태로 한빙초에 접근하면 실라스들이 침을 뱉었고 녹스가 모조리 흡수해 버렸으며 실라스들이 꼬리를 이용해서 몸을 화살처럼 날리면 마누가 전격을 방출해서 감전시켰다.

그렇게 실라스들이 감전되어 바닥으로 우수수 떨어지면 카우마가 놈들을 아공간에 챙겨 넣었다.

이젠 자신의 지시가 없어도 자신들끼리 이렇게 전략을 짜고 실행할 정도로 능력이 높아진 정령들의 활약에 지켜보는 가온은 무척 뿌듯했다.

얼마 후 다시 협곡으로 올라온 가온은 놀란 얼굴을 하고 있는 가리엘에게 한빙초 23포기가 담긴 바랑을 건네주었다.

"정말 한빙초 군락지가 있더군요."

"오오옷!"

타이탄이 손상되고 라이더인 미헬이 심하게 다쳤기 때문에 걱정을 하고 있었던 가리엘은 얼마나 마음을 졸이고 있었는지 기성을 지르며 기뻐했다.

"이건 돌려드리겠습니다."

가온은 쓰지 않은 스크롤들을 메겔레에게 다시 주었다. 그정도의 마법사라면 마나의 유동을 충분히 감지할 수 있을 테니 굳이 스크롤에 욕심을 낼 필요가 없었다.

"아니네. 어차피 사용하라고 준 것이니 알아서 쓰시게. 그런데 대체 어떻게 실라스의 침 공격을 피한 건가?"

메겔레는 정말 궁금했다. 보호 마법을 쓰지 않고 어떻게 실라스의 침 세례를 피했는지 이해가 안 갔던 것이다.

실라스의 무서움을 잘 알고 있는 다른 이들도 궁금하기는 마찬가지였다. 한빙초를 무사히 채취해 온 가온은 내려갈 때와 달라진 모습이 전혀 없었기 때문이다.

가온은 말없이 단검을 꺼내더니 천천히 푸른 검기를 발현하고는 눈에 보이지 않을 정도로 빠르게 휘두르기 시작했는데 이내 그의 몸을 검으로 이루진 막이 감싸 버렸다.

"소드커튼!"

검을 눈에 보이지 않을 정도로 빠르게 휘둘러서 일종의 막을 생성하는 일반적인 검막이 아니라 검기로 생성한 검막이었다.

"소드커튼을 구사할 정도의 강자라니!"

"상급! 최소 중급이야!"

먼저 동행했던 아프람 일행은 물론이고 가리엘 일행과 마법사들도 눈을 부릅떴다.

가온이 소드커튼, 즉 검막을 구사할 정도의 실력자일 줄은 누구도 상상하지 못했기 때문이다.

높은 검술로 소드커튼을 펼치는 것과 검기를 사용해서 펼친 소드커튼은 엄청난 차이가 있다.

전자의 경우에도 실버급 용병이나 중급 전사에 해당할 만큼 대단하지만 후자의 경우에는 최소한 골드급 용병에 해당했고 전사로는 상급을 목전에 두었거나 상급 전사에 해당했다.

메겔레의 눈빛이 강해졌다.

'대체 이런 강자가 어디에서 나타난 거지?'

아무리 봐도 20대 초반으로 보이는 젊은 나이에 최소한 중급 전사, 전사장에 해당하는 실력을 가진 강자가 출현한 것이다.

'아무래도 오지의 작은 도시 출신이라는 설명이 맞는 것 같구나.'

비록 시티 간의 교통이 원활하지 않다고 해도 통신석과 텔레포트 마법진을 통해 교류를 하기 때문에 인근 시티에서 활동하는 강자에 대한 정보는 상당히 잘 알려져 있는데 가온에 부합되는 젊은 강자는 들어 본 적이 없었다.

'시티에서 어떤 임무를 받고 파견되었는지 모르겠지만 용병으로 활동한다고 했던 것을 보면 일단 돈이 필요하겠지? 잘하면 우리 마탑으로 끌어들일 수 있겠어.'

마탑이라고 해서 마법사만 있는 건 아니다. 마탑을 수호하고 마탑에서 필요로 하는 일을 수행해 주는 전사들이 필요했다. 비록 소수지만 말이다.

하지만 가온에게 욕심을 내는 건 메겔레만이 아니다. 시티 전사단 소속으로 마탑의 약초 채취 임무에 지원을 나온 가리엘 역시 가온을 보며 입맛을 다시고 있었다.

'저런 강자가 용병이라니 말도 안 돼! 세상 물정을 몰라서 용병들의 꼬임에 넘어간 걸 거야.'

전사가 된다면 실력을 제대로 인정받을 수 있는 강자가 용병 길드의 규칙 때문에 고작 우드 패를 소지하고 있다는 사실이 너무 안타까웠다.

중급 혹은 상급으로 추정되는 가온의 실력이면 그리 오래지 않아서 시티에서 단 세 명밖에 없는 수석 전사장이 될 수 있다. 아니, 수석 전사장이 되지 않더라도 시티를 위해서 많은 일을 할 수 있을 것이다.

자신을 실력은 충분하지만 인맥이 없어서 인정을 못 받고 있다고 생각하는 가리엘은 가온을 통해서 새로운 미래를 꿈꾸었다.

두 개의 삶

가온은 기존의 일행은 물론 마법사 일행과 함께 시티로 복귀했다. 시티에서도 귀족 대우를 받는 마법사가 포함되어서 그런지 사두마차를 네 대나 몰고 온 것이다.

마차 한 대는 타이탄 운반용이었지만 말들이 워낙 크고 힘이 좋아서 그 많은 인원을 태우고도 어둠이 막 깔리기 시작하는 시간에 시티에 도착할 수 있었다.

"금방 다시 찾아뵙겠습니다!"

"며칠 내로 묵고 있는 여관으로 사람을 보낼 테니 다시 보세나."

처음 만났을 때와 달리 가리엘과 메겔레는 가온에게 정중하게 인사를 하고 먼저 내성으로 향했다.

남은 가온 일행은 성문 앞에 자리를 잡은 행정관에게 받은 의뢰에 대한 확인 과정을 거쳐야만 했는데 대부분 아프람 혼자 처리할 수 있는 일이었다.

그사이에 약초꾼들과 병사들은 여기까지 메고 온 회색 늑대의 가죽을 대기하고 있던 상인들에게 잠깐의 흥정 끝에 넘겼는데 값을 잘 받았는지 다들 싱글벙글했다.

일을 마무리하고 돌아온 아프람이 병사와 용병 그리고 약초꾼을 불러 모아 속닥거리더니 얼마 후에 각자에게 작은 주머니를 나눠 주었다.

"이건 온 님 몫입니다."

꽤 묵직한 주머니였다. 무게도 꽤 나갔다.

"화염초와 한빙초야 마탑 쪽에 좋은 가격에 직접 넘겼고 회색 늑대의 가죽도 꽤 높은 가격에 넘겼습니다. 의논 끝에 저희들은 한 명당 50골드씩 나누기로 하고 나머지는 온 님에게 드리기로 했습니다."

가온이 기억하기로는 화염초는 포기당 1천 골드, 한빙초는 3천 골드를 받았다. 합해서 1만 1천 골드 정도였다. 62명으로 계산하면 대략 145골드씩 돌아간다.

그런데 나중에 주머니를 확인해 보니 8천 골드나 되었다.

회색 늑대 가죽을 얼마에 넘겼는지 모르겠지만 그들은 더 이상 욕심을 내지 않았다. 가온이 아니었다면 벌 수 없는 거금을 챙긴 것으로도 만족했다.

"사양하지 않겠습니다."

이 세계의 물가도 아직 파악하지 못했고 빨리 이곳에 적응하려면 돈의 존재는 필수적이다. 그간의 경험으로 보면 많을수록 좋았다.

"제가 잘 아는 술집이 있는데 저녁 식사를 대신할 수 있는 바비큐는 물론 달콤하면서도 도수가 높은 과실주가 아주 일품입니다. 전사나 용병이 자주 들르는 곳인데 함께 가지 않으시렵니까?"

정보 길드가 존재하지 않는 이곳에 대한 정보를 가장 빨리 수집할 수 있는 곳이 바로 술집이다. 그것도 앞으로 활동할 용병이나 시티의 전력인 전사들이 많이 찾는 곳이라면 보다 많은 정보를 수집할 수 있을 것이다.

"다 함께 들어갈 수 있는 곳입니까?"

"물론입니다. 바비큐를 시키면 100명이 넘게 들어갈 수 있는 넓은 후원에서 마실 수 있습니다."

"좋습니다. 대신 술값은 내가 내겠습니다!"

"와아!"

가온은 정보 비용이라고 생각하고 말했지만 도수가 높은 과실주는 여러 번 증류를 해야 했기에 가격이 비싼 편이라서 약초꾼들은 물론 전사나 용병도 마음 놓고 마실 수 없었는데 가온이 흔쾌히 사겠다고 하니 환호성이 터져 나왔다.

가온은 척과 함께 용병 길드로 가서 의뢰 완수 확인서를

받았는데 아프람과 가리엘의 추천서가 추가된 덕분에 추가
점수까지 확보할 수 있었다.

　도수가 높은 과실주의 맛은 기대한 것보다 떨어졌지만 얼
큰하게 술에 취한 이들로부터 꽤 많은 정보를 수집할 수 있
었다. 병사나 용병은 물론 약초꾼들도 아는 것이 많았지만
다양한 소문을 들을 수 있었다.
　세 직업군은 일반 시민들과 달리 바깥 활동이 많은 편이고
다양한 경로를 통해서 알거나 들은 것이 많았는데 목숨의 은
인이자 단 하루 만에 몇 달 치에 해당하는 수입을 얻게 해 준
가온에게는 모두 털어놓았다.
　아쉬운 것은 이들의 신분이 낮은 편이라서 가온이 원하는
고급 정보는 거의 없다는 사실이다.
　'가리엘 전사장이나 메켈레 마법사 정도라면 쓸 만한 정보
를 가지고 있을 것 같은데 아쉽네.'
　그래도 두 사람 모두 며칠 안에 자신을 찾을 것 같으니 그
때를 노려야 할 것 같다.
　어쨌든 수집한 정보들은 벼리와 두 리치가 정리해서 가온
에게 다시 넘겨주었다.
　그중 가온과 세 조언자가 가장 관심을 가진 부분은 아르테
미인들에 대한 전설 혹은 신화였다. 사람마다 그들에 대해서
알고 있는 얘기가 달랐기 때문이다.

'그러니까 이곳이 진정한 아르테미 차원이 아니란 말이지?'

-그럴 가능성이 아주 높아요. 이곳 사람들이 알고 있는 것과 달리 진정한 아르테미인들은 다른 차원에서 넘어왔으며 이곳에 자신들처럼 영체화할 수 있는 특별한 방법을 남긴 것 같아요. 그들로 인해서 영체화에 성공한 이들은 그들의 가르침대로 차원의 위기를 극복하기 위해서 활동했고 그 과정에서 자연스럽게 아르테미라는 이름이 나온 것 같고요.

가온은 벼리의 말에 약간 실망했다. 이곳의 위기만 해결하면 지구의 위기도 자연스럽게 해소될 것으로 생각했었기 때문이다.

-하지만 이 차원 의뢰를 해결하면 다음에는 아르테미 차원과 직접 관련된 의뢰를 받을 수 있을 것 같아요.

-저도 벼리의 의견에 동의합니다.

-저 역시 마찬가지 생각입니다. 상식적으로 이곳이 아르테미 차원이 맞는다면 실버 등급의 차원 용병에게 의뢰를 할 리가 없습니다.

파넬과 알테어도 벼리의 의견에 동의했는데 특히 알테어의 주장이 이치에 맞는다고 생각했다.

'그래! 이렇게 쉬울 리가 없지. 최대한 빨리 이곳의 의뢰를 끝내 보자고!'

문제는 차원 융합을 막으라는 의뢰의 진짜 의미에 달렸다.

해석하기에 따라서 해결 방안이 다른 것이다.

'만약 현재까지 진행되어 온 차원 융합을 막으라는 의미라면 현재도 실시간으로 생성되는 던전들을 모두 소멸시키라는 의미와 다름이 없어. 내 힘으로 불가능하지.'

하지만 알테어의 의견처럼 실버 등급에 불과한 자신 혼자에게 의뢰했다는 점을 생각하면 그런 건 아닐 것 같았다.

그렇다고 이 세상의 모든 던전을 소멸시키라는 내용도 아닐 것 같았다.

가온은 의뢰가 더 이상의 차원 융합을 막으라는 의미가 아닐까 생각했지만 확신할 수는 없었다.

그래서 이 아이테르 차원에 언제부터 차원 융합이 생겼는지, 어떻게 해야 차원 융합이 진행되는 것을 막을 수 있는지에 대한 조사가 필요했다.

'어떻게든 차원 융합에 대해서 잘 알고 있는 인물과 만나서 의뢰의 정확한 내용을 파악해야 해.'

그럴 수 없다면 무식하게 힘으로 던전들을 하나씩 소멸시키는 수밖에 없는데 가능하다고 해도 얼마나 시간이 걸릴지 알 수 없었다.

그래서 더욱 고급 정보와 인맥에 목이 말랐다. 그리고 그것들을 얻을 수 있는 사냥 대회를 기다리는 것이다.

'이제 사냥 대회만 기다리면 되겠네.'

자신의 실력을 보증해 줄 최소한의 인맥은 쌓았으니 사냥에서 두각을 나타내야만 했고 그건 자신이 있었다.

여관으로 돌아온 가온은 다른 때와 마찬가지로 아니테라로 건너갔다.

하지만 그가 건너간 장소는 사랑하는 여인들이 머무는 집이 아니라 벼리와 두 리치의 영체가 자신의 복제된 영혼이 깃든 옥거울을 지키고 있는 비트였다.

-오빠!

벼리가 날아와 반겨 주었다.

"어때?"

-밖의 시간과 관계없이 아니테라에서는 겨우 28일밖에 안 지나기는 했지만 생각보다 시간이 더 걸릴 것 같아요.

"그것을 어떻게 아는데?"

-옥거울의 손잡이에서부터 시작해서 옥거울 전체가 푸르게 변하고 있는데 완전하게 푸른색으로 바뀌어야 복제된 오빠의 영혼이 완전화되는 것 같아요.

옥거울을 살펴보니 푸르다는 말이 무색할 정도로 푸른색이 희미했다.

"영혼이 완전해지는 속도가 어느 순간 폭발적으로 증가하지 않으면 안 되겠군."

-제 생각도 그래요. 아무래도 시간을 더 잡아야 할 것 같아요.

현실에서 하고 싶은 일을 생각하면 하루라도 빨리 복제된 영혼이 완전해져야만 하는데 예상보다 훨씬 더 오랜 시간이 필요할 것 같자 마음이 급해졌다.

'복제된 영혼의 완전화에 걸리는 시간을 단축할 수 있는 좋은 방법이 없을까?'

가온은 자신의 아공간을 뒤지기 시작했다. 생각해 보면 자신은 참으로 많은 것을 가지고 있었다. 시장을 들를 때면 쇼핑을 빼먹지 않았다.

그런데 막상 그것을 사용할 상황이 벌어져도 기억을 못 해서 사용하지 못한 경우들이 왕왕 있었다.

'오오! 있다!'

단 상단주로부터 받은 영혼 배양석을 발견한 것이다.

영혼 배양석은 분리한 영혼을 담아서 완전하게 만들 수 있으며 조각난 영혼일지라도 일정한 시간이 지나면 완전하게 만들어 주는 아이템이다.

가온은 벼리에게 영혼 배양석을 넘겨주며 그 내용을 얘기해 주었다.

─이거라면 복제 영혼의 완전화 속도를 끌어 올릴 수 있어요.

"그런데 어떻게 사용하는지는 알아?"

─어려울 것 같지는 않아요. 아이템 자체가 불완전한 영혼에 반응하니까요. 가만! 옥구슬 손잡이 하단에 아이템이 들

어갈 것 같은 구멍이 있어요.

그 구멍은 본래 색실을 꼬아서 만든 끈과 같은 것을 끼울 수 있게 낸 것으로 보였지만 벼리의 말대로 영혼 배양석을 힘주어 끼우면 들어맞을 것도 같았다.

하지만 막상 시도해 보니 구멍이 작았다. 강제로 끼우려고 하다가는 영혼 배양석이 깨질 것 같았다.

그때 벼리가 카우마를 불러서 의념으로 뭔가 전하는 것 같더니 카우마가 옥거울의 구멍 주위에 열을 가했고 배양석에 힘을 주니 서서히 안으로 밀려들어 갔다.

-됐어요!

이제 옥거울과 영혼 배양석은 원래 한 세트였던 것처럼 꼭 들어맞았다.

-오빠, 옥거울을 잡고 정신을 집중해서 안에 있는 오빠의 복제 영혼을 한번 느껴 봐요. 아마 복제된 영혼의 상태를 느낄 수 있을 거예요.

벼리의 말에 옥거울을 대상으로 정신을 집중하자 복제된 영혼의 상태와 이어진 끈이 한결 강해졌다는 사실을 느낄 수 있었다.

"느낄 수 있어. 제대로 되는 것 같아. 다행이네."

-어때요? 이상한 느낌은 없어요?

"없는 것 같은데."

옥거울 속에 있는 영혼과 강한 동질감만 느껴질 뿐 딱히 이질적인 느낌은 없었다.

─다행이에요. 영혼의 충돌은 없을 것 같네요.

"그럼 현재의 이 아바타에 복제된 영혼이 깃든 상태에서 내 본신과 만나도 되는 거지?"

─그럴 것 같긴 한데 확신할 수는 없어요. 언제든 합체할 수 있는 분신과는 다르니까요.

복제된 영혼도 아직 완전한 상태가 아니었고 분신 비결에도 그런 내용은 없었기에 모든 것이 조심스러웠다.

─그런데 언니들에게는 얘기했죠?

"뭘?"

─시간 흐름을 가속했다는 것 말이에요.

아! 그러고 보니 아레오와 아나샤에게 아무런 말도 해 두지 않았다.

'이런!'

그녀들의 입장에서는 거의 한 달에 가까운 시간이 흘렀고 가온은 그녀들에게 아무런 연락도 하지 않은 것이다.

배려심이 강한 두 사람은 연락이 없는 자신이 걱정스러웠겠지만 중요한 일을 하고 있을까 봐 연락을 안 한 것이리라.

"빨리 가 봐야겠다!"

그날 가온은 아레오와 아나샤에게 처음으로 귀가 떨어져 나갈 것 같은 잔소리와 함께 구박을 받았다. 두 사람은 그동안 아무런 연락도 하지 않았던 그를 너무나 걱정하고 있었다.

그의 건강한 모습을 보고 걱정은 내려놓을 수 있었지만 대신 그동안 연락도 하지 않았던 무심한 자신들의 남자에 대한 화가 치밀어올랐다. 그리고 그 화는 걱정했었던 마음만큼 강해서 쉽게 풀어지지 않았다.

가온은 몇 번이나 사과를 하고 두 사람의 마음을 풀어 주기 위해서 노력했지만 큰 소용이 없었다.

'내가 잘못하기는 했지만 조금은 억울하네.'

하지만 이럴 때는 무조건 빌어야 한다는 사실 정도는 알고 있었다.

결국 밤이 되어 음양대법을 통해서 뜨거운 사랑의 시간을 가진 후에야 두 사람의 마음을 어느 정도 풀 수 있었다.

'역시 부부 싸움은 칼로 물 베기라는 말이 맞았어.'

그래도 두 사람의 마음을 완전히 풀어 주기 위해서는 이틀이라는 시간이 더 필요했다. 그 정도로 아레오와 아나샤는 연락도 없고 아니테라로 건너오지 않는 가온에 대한 걱정으로 마음을 졸였다.

가온은 아이테르 차원으로 돌아가지 않고 아니테라에서 이곳 시간으로 두 달을 보내기로 했다. 아이테르에서 딱히 할 일도 없었고 마음고생을 한 아레오와 아나샤를 생각해서 그렇게 결정한 것이다.

그래 봐야 아이테르에서는 이틀 정도 시간이 지날 뿐이다.

수련을 하면서 사랑하는 두 여인과 행복한 시간을 보내고 있을 때 기다리고 있었던 벼리의 연락이 왔다.

-다 됐어요, 오빠!

벼리가 보낸 의념에 미리 준비하고 있던 가온이 녹스의 도움으로 은신처로 이동하자 상기된 얼굴의 세 영체가 그를 반겨 주었다.

"드디어 완전화가 끝난 거야?"

-네, 오빠.

원래 복제된 영혼이 완전해지는 데 100일 정도 필요하다고 했던 것 같은데 영혼 배양석 덕분에 시간이 단축된 것 같았다.

복제된 영혼이 깃들어 있어 마치 자신의 일부로 여겨지는 갈기족의 신물인 옥거울은 신비한 푸른 빛에 휩싸여 있었는데 영혼 배양석은 반대로 눈처럼 하얗게 빛나고 있었다.

"그럼 이제 로그아웃을 하면 되는 거지?"

-마무리는 제가 할게요.

"이곳으로 만나러 오면 안 되겠지?"

-제가 확인해 볼게요.

"영혼이 충돌하면 하나 혹은 둘 모두 붕괴할 수 있다고 하지 않았어?"

―그렇긴 한데 지금 반응을 보면 괜찮을 것 같아요.

"지금?"

―네, 오빠. 오빠의 복제된 영혼이 깃들어 있는 옥거울을 들고 있어도 아무렇지 않잖아요.

그러고 보니 옥거울이 몸의 일부처럼 느껴지는 것 이외에 딱히 이질적인 감각은 없었다.

"그러네. 아무튼 나는 현실로 돌아가 있을 테니 마무리를 부탁해."

―걱정하지 마세요.

그렇게 대답하는 벼리뿐 아니라 파넬과 알테어도 굳은 얼굴이기는 했지만 가온에게 확신을 주었다.

아니테라의 시간 흐름을 정상으로 돌려놓은 가온이 로그아웃을 하고 1시간 정도가 지났을 때 이상한 감각이 느껴졌다.

분명히 자신은 이곳 지구의 캡슐 안에 있음에도 불구하고 같은 시간에 자신이 아니테라에서 깨어나 몸을 이리저리 움직이고 있었다.

'벼리야, 혹시 복제한 영혼을 아바타에 안착시킨 거야?'

―네, 오빠. 지금 육체를 움직여 보고 있는데 별다른 문제는 없는 것 같아요.

아바타는 탄 차원 혹은 우주의 신적인 존재들이 세이뷰

어 시스템이라는 이름으로 만들었기 때문에 영혼 자체가 깃들어 있지 않아서 태어나서 성장하는 일반적인 인간과는 달랐다.

보통 어나더 문두스의 무대인 탄 차원에서 로그아웃을 하면 아바타 자체가 일종의 아공간으로 사라졌지만 아니테라에서는 달랐다. 아바타가 그대로 남았는데 영혼이 빠져나간 상태로 육체가 최소한으로 기능하고 있었다.

벼리는 그 아바타에 복제한 영혼을 집어넣은 것이다.

참으로 기묘한 감각이다. 분명 다른 공간에 있음에도 자신이 둘로 분리가 된 것처럼 상이한 환경에서 따로 움직이고 있었다.

가온은 분신이 느끼는 감각을 통해서 복제된 영혼이 아바타에 성공적으로 안착했음을 확신할 수 있었다. 이제 가온은 두 존재로 살아갈 수 있게 된 것이다.

가온은 분신의 영혼과 이어진 끈을 확인해 봤다.

'이건 그 무엇으로도 끊을 수가 없네.'

정령을 포함해서 귀속시킨 존재들과 연결되어 있는 끈과는 달랐다. 비록 끈처럼 이어져 있기는 하지만 근본적으로 동일한 하나였다.

하지만 연결을 약화시킬 수는 있었다. 의지로 분신과 이어진 영혼의 끈의 굵기를 최소화하자 동일한 시간에 느껴지던 분신의 감각이 급속히 약해져서 의식하지 않으면 거의 느낄

예지몽으로
히든랭커

수가 없었다.

'평소에는 이런 상태로 지내야겠구나.'

동일한 시간에 다른 육체로 다른 사고와 움직임을 하는 것은 예상했던 것보다는 혼란스럽지 않았지만 그래도 집중하는 데는 방해가 되었다.

그러는 동안 벼리와 파넬 그리고 알테어는 분신을 상대로 다양한 실험을 했는데 이상은 전혀 발견할 수 없었다.

ㅡ오빠, 감각은 어때요?

가온은 벼리에게 현재 상태를 솔직하게 말해 주었다.

ㅡ지금처럼 영혼의 끈 굵기를 최소화한 상태에서는 분신이 본신과 별개의 존재처럼 활동할 수 있겠네요.

'내가 생각해도 그럴 것 같아.'

ㅡ저희가 몇 가지 실험을 해 봤는데 분신의 영혼은 완벽해요.

'그럼?'

ㅡ대면해도 영혼의 붕괴는 걱정할 필요가 없을 것 같아요.

'당장 건너갈게.'

가온이 그렇게 서두를 만큼 자신의 분신이 신기했다.

아니테라로 건너간 가온은 불과 몇 시간 전까지만 해도 자신이 직접 운용하던 아바타였던 온 훈이 움직이는 모습을 보고 말로 표현하기 감각을 느꼈다. 마치 자신이 두 명이 된 것 같은 강한 동질감을 느낄 수 있었다.

"정말 이상한 기분이야. 분명히 별개의 존재이고 영혼의 끈을 최소화했음에도 나라는 인식이 이렇게 강하다니."

이제 온 훈이라는 이름을 사용할 자신 역시 같은 감각을 공유하는 것 같았다.

"나도 그래. 마치 거울을 보는 것 같아."

비록 외모는 많이 다르지만 타인이라는 생각은 둘 모두 하지 못했다. 이건 흔히 말하는 다중인격은 절대로 아니었다.

희한한 일이지만 동시에 두 가지 생각을 하고 두 가지 행동을 하는 것 같았지만 이질감이 거의 없었다. 그렇다고 본신과 분신의 구별도 없는 것 같았다.

자신도, 분신도 영혼이 있는 존재지만 동일한 존재라는 인식이 아주 강했다. 영혼의 충돌과 같은 위험한 일은 전혀 걱정하지 않아도 될 것 같았다.

─축하해요, 오빠!

분신에 영혼을 깃들게 하는 중요한 일을 수행했던 벼리가 환하게 웃으며 말했다.

"이게 다 벼리, 네 덕분이야. 파넬과 알테어도 고생했어. 모두 고마워!"

"모두 고생했어!"

둘이면서 하나의 존재인 가온이 벼리와 두 리치에게 고마움을 표시했다.

―헤헤. 고생은요. 그나저나 앞으로 오빠는 어떻게 하실 생각이에요?

"당분간 활력 포션과 관련된 일에 매진할 생각이야."

막대한 정치자금을 뿌리는 방식으로 각국 정부와 결탁하여 폭리를 취해서 단숨에 세계 1위 기업이자 막강한 정치적 경제적 세력이 되는 제약그룹보다 앞서 활력 포션을 제조해서 판매할 생각이다.

그러는 동시에 혹시 분신이 동화의 인을 구입할 수 있는 포인트를 모으지 못할 것에 대비해서 수련도 해야만 했다.

물론 수련은 이곳에서 하면 된다. 더 이상 영혼의 충돌을 걱정하지 않아도 되니 말이다.

더구나 이곳은 수련에 최고의 장소였다. 아니테라는 지구에 비하면 수십 배 이상 마나, 아니 기가 충만한 곳이고 시간의 흐름을 조절할 수 있어서 빠르게 성장할 수 있었다.

"그럼 이제부터 둘이 되어 사는 거구나!"

"탄 차원과 차원 의뢰는 내게 맡기고 너는 수련에 전념해. 사업을 시작할 때까지는 시간이 있으니까."

"그래. 그럼 아레오와 아나샤도 잘 부탁해."

사랑하는 두 여인을 분신에게 부탁을 하고는 있지만 온 훈역시 자신이라는 확고한 의식이 있어서 그런지 별다른 감정은 들지 않았다.

"알았어. 수련 때문에 시간 흐름을 다시 30배로 높일 테니

고려하고."

그 정도면 본신의 수련 기간으로는 충분했다. 현실의 한 달은 이곳에서는 900일, 즉 거의 3년에 가까운 시간이기 때문이다.

분신이 생각하는 순간 그 내용을 알 수 있어 굳이 대화할 필요가 없지만 분신이 다른 육체를 가지고 있어서 그런지 대화 형식이 편했다.

"이제까지 세이뷰어 시스템을 통해서 받은 특성들은 이 몸에만 적용되는 것이라서 수련에 도움이 되지는 않겠지만 그래도 성장을 가속화할 수 있는 아이템들이 있으니 시간 가속과 함께 이용하면 혹시 동화의 인을 구입하지 못해도 초기에 생성된 던전 중 일부를 혼자서도 감당할 정도의 전투력은 손에 넣을 수 있을 거야."

"나도 그렇게 생각해."

골드비의 꿀과 로열젤리, 콰르 고기처럼 먹기만 해도 마나의 양을 증가시켜 주는 천연 영약도 있었고, 이전에도 시험해 본 것처럼 스킬들은 육체가 아닌 영혼에 각인이 되어 사용할 수 있으니 수련만 하면 충분히 사용할 수 있었다.

"그리고 혹시 모르니까 네 존재에 대해서는 이곳 사람들에게 말을 해 둘게. 아레오와 아나샤는 감이 좋은 사람들이라서 이상한 점을 파악할 수 있으니 당분간 만남은 피하고."

둘 다 주인이기는 하지만 아니테라의 거주민들에게는 온

훈의 외양이 각인되었으니 그래야만 한다.

그렇게 본신은 수련을 위해서 지하 은신처에 남고 분신은 아니테라의 중심부를 향해 출발했다.

녹스의 공간 이동 능력으로 아니테라의 중심부로 향한 가온은 늘 그렇듯 모여 있는 원로들을 만나 자신이 형제로 여기는 친구가 멀리 떨어진 황무지에서 수련을 한다는 사실을 밝히며 혹시 만나더라도 놀라지 말라는 말을 전했다.

원로들은 가온이 말한 인물에 대해서 무척 궁금한 얼굴이었지만 수련을 하고 있다고 말했으니 굳이 그곳까지 찾아가서 만날 것 같지는 않았다.

그리고 그 직후 아레오와 아나샤를 만나서 본신에 대한 얘기를 했다.

"형제나 다름없는 친구의 수련을 돕기 위해서 시간 가속을 이전처럼 해 두었으니 이 기회에 아예 같이 갑시다!"

가온은 이참에 두 여인과 함께 아이테르 차원으로 떠나고 싶었다. 시간 흐름이 30배나 차이가 나기 때문에 지난번처럼 두 사람이 자신을 오래 기다려야만 했기 때문이다.

하지만 아레오와 아나샤의 반응은 그가 생각했던 것과 달랐다.

"저도 그렇게 하고 싶은데 해 왔던 수련을 마무리하고 싶어요. 그래야 온 랑에게 더 큰 도움이 될 것 같아요. 한동안 온 랑을 못 보는 것은 아쉽고 견디기 힘들지만 그래야 할 것 같아요."

연상 마법을 깊게 다룬 진귀한 마법서를 얻은 아레오는 이 기회에 자신의 마법을 뿌리부터 다시 세우는 힘든 작업을 하고 있는데 아직 만족하지 못한 모양이다.

"저도 마찬가지예요. 한시라도 온 랑과 떨어지고 싶지는 않지만 아직 성취가 미흡해요."

아레오나 아나샤는 가온을 진심으로 사랑하고 잠시라도 떨어지고 싶지 않았지만 그렇다고 그에게만 의지하는 여인이 되고 싶지는 않았다. 그래서 마음은 아프지만 그렇게 결정했다.

"그렇다면 할 수 없지. 아무튼 당신들의 능력이 필요한 순간이 그리 오래 걸리지 않아서 올 테니 열심히 수련해."

몸에 가공할 양의 양기를 품고 있는 터라서 하루라도 두 여인이 없으면 견디기가 어려운 가온이지만 그것 때문에 두 사람의 수련을 방해할 수는 없었다.

"그럼 온 랑을 기준으로 하면 한 달에 한 번씩 들르는 거죠?"

"그래야지."

새삼 한 달이나 지나야 두 사람을 만날 수 있다고 생각하니 저절로 우울해졌다. 그렇게 오래 사랑하는 여인들을 만나지 못하면 마음도 몸도 힘들 것 같았다.

"참기 어려우면 다른 여인을 만들어도 돼요."

"온 랑을 사랑하는 여인의 입장에서 할 소리는 아니지만 아레오의 말이 맞아요. 음양대법으로도 우리는 온 랑의 정력을 감당할 수 없다고요."

현실 시간으로 지난 이틀 동안 가온은 두 여인의 화를 풀어 주기 위해서 끊임없이 안으려고 했고 두 사람 역시 기다렸던 만큼 적극적으로 그를 받아들였다.

그런데 그 결과 두 사람은 한동안 가온을 받아들이기 어려울 정도로 심신이 녹초가 되어 버렸다. 음양대법의 효과가 아니었다면 두 여인은 아마 피골이 상접한 몰골이 되었을지 모를 정도로 혹사당한 것이다.

"그럴 일은 없을 거야. 아무튼 다녀올게요."

그렇게 본신과 분신의 일이 마무리되었다.

승급과 새로운 의뢰

아이테르 차원에 나타난 가온은 자신의 방 침대에 누워 있는 다른 남자를 보고 잠시 당황했지만 이내 사정을 알아차렸다.

'맙소사!'

가온은 일이 어떻게 될지 몰라서 하루만 투숙했음을 이제야 깨달았다.

당연히 여관 주인은 그가 묵었던 방에 다른 손님을 받은 것이다. 딱히 짐 같은 것은 없었으니 문제 될 것도 없었다.

가온은 쓴웃음을 지으며 코를 골면서 곤하게 자고 있는 사람이 깨지 않도록 조용히 방을 빠져나왔다.

바깥으로 나가자 짙은 어둠이 내려앉은 새벽이었다.

가온은 새벽부터 여는 식당을 찾아서 이른 아침 식사를 했다. 바쁘게 움직였다가 긴장이 풀리자 가장 먼저 배가 고팠다.

　후식으로 차까지 마시며 느긋하게 식사를 하고 나니 이제야 해가 뜨기 시작했다.

　'사냥 대회가 오늘부터 시작되는 건가?'

　밖으로 나온 가온은 자연스럽게 용병 길드로 향했다. 레닛의 에스림 용병단과 같이 움직이기로 했지만 미리 가서 돌아가는 상황을 살펴볼 생각이었다.

　이미 출발을 했더라도 어느 방향으로 갔는지 알면 따라잡는 것은 전혀 문제가 없었다.

　용병 길드는 새벽부터 문을 연다. 이곳에는 지구의 인력 시장과 같은 곳이 없기 때문에 하루 혹은 단기간에 필요한 인력을 용병 길드에 요청하기 때문이다.

　길드 앞의 넓은 마당에는 우드 등급의 용병들이 길드 직원들이 외치는 일을 맡으려고 서로 밀치고 다투는 모습을 연출하고 있었지만 사무소 안은 비교적 한가했다.

　'시간에 여유가 있으니 이곳에서는 용병들이 어떤 의뢰를 하는지 구경이나 해 볼까.'

　가온이 사무소 안으로 들어간 것은 의뢰가 적힌 종이들을 보기 위해서였다. 보통 직원이 일을 구하는 용병에 맞는 일을 찾아 주는 시스템이지만 주인을 찾지 못한 의뢰의 경우 한쪽 벽에 내용을 적은 종이를 붙여놓는다.

당연히 그런 의뢰들은 보수에 비해서 완수하기가 어려운 일들이라서 추가 보상이 붙는데 길드에서 등급을 올리는 데 가점으로 작용한다고 들었다.

가온이 막 의뢰서가 붙어 있는 벽 쪽으로 향하는데 누군가 그를 알아보고 불렀다.

"온 님!"

돌아보니 가리엘 전사장이다.

"가리엘 전사장님, 잘 지내셨습니까?"

"전 잘 지냈는데 다른 곳으로 거처를 옮기셨나 봅니다."

말하는 것으로 봐서 곧 자신을 찾아오겠다는 약속을 지키려고 투숙했던 여관을 방문했던 모양이다.

"볼일이 있어서 잠시 성을 떠나 있었습니다."

"그랬군요. 일은 잘 해결이 되었고요?"

"다행히요. 그런데 이곳에는 웬일입니까?"

가리엘은 전사다. 그것도 시티 측에 고용이 된 전사장으로 휘하 전사들을 지휘하는 중책을 맡고 있다. 용병들을 우습게 보는 전사들의 태도를 생각하면 이 사람이 이곳에 있는 건 무척 이상한 일이었다.

"의뢰를 하려고 왔는데 굳이 그럴 필요가 없겠네요."

묘한 미소를 지으며 그렇게 대답한 가리엘은 가온의 팔을 끌고 직원에게 향했다.

"미셀, 이번 의뢰는 이분에게 맡길게."

"지명이네요. 저, 패 좀 주실래요."

푸짐한 몸매를 가지고 있는 미셀이라는 여직원은 이상하다는 눈빛으로 가온을 쳐다보며 패를 요구했다.

가온이 내미는 패를 받아 든 미셀은 의아한 얼굴이 되었다.

"온 님은 아직 우드 등급인데요?"

가리엘이 한 의뢰는 우드 패의 주인이 할 수 있는 일이 아니었다.

"패가 무슨 상관이야. 온 님의 실력이면 충분히 가능한 일이네."

"……그럼 온 님에게 단독으로 의뢰를 하시는 거예요?"

미셀은 믿을 수 없다는 얼굴로 재차 확인을 구했다. 애초에 가라엘이 의뢰를 위해서 원한 용병은 최소한 실버 패의 주인이었다. 실버 패의 주인은 검기를 구사할 수 있는 실력을 보유해야만 했으니 이상할 수밖에 없었다.

"그래. 혼자 웨어울프 세 마리와 회색 늑대 300여 마리를 사냥한 온 님이라면 능히 혼자 이 의뢰를 할 수 있으니까."

가리엘은 굳이 가온이 소드커튼을 사용해서 화염초와 한빙초를 채취했다는 얘기는 꺼내지 않았다. 아프람에게 들은 이야기만으로도 충분했다.

"아! 온 님이 바로 그 온 훈 님이군요!"

미셸은 얼마 전에 용병 사이에서 큰 화제가 되었던 용병이 바로 온임을 알아보고 탄성을 질렀다.

'저렇게 젊은 나이에 그런 무위를 가지고 있다니 믿기는 힘들지만 목격자가 워낙 많으니.'

그때 뒤에 있는 책상에 앉아서 졸고 있었던 것으로 보였던 거대한 체구의 용병이 자리에서 일어났다.

"자네가 바로 그 유명한 온이라는 친구로군."

부리부리한 눈으로 가온을 향해 강렬한 눈빛을 쏘아 대는 그 용병은 천천히 창구 쪽으로 걸어왔는데 안타깝게도 한쪽 다리가 의족이었다. 그래도 주의해서 보지 않으면 이상한 점을 발견할 수 없을 정도로 자연스러운 움직임을 보여 주었다.

'상당한 강자!'

유형화된 기운은 아니지만 꽤 살벌한 기운을 방출해서 가온을 압박하는 것을 보면 골드 패의 주인인 것 같았다.

가온은 눈이 마주치자 무심한 얼굴로 살짝 고개를 숙여 인사를 했다. 물론 상대가 방사한 기운은 붙잡아서 위쪽으로 집어 던져 버렸다.

"허헙!"

거구의 용병은 가온이 자신이 방사한 기운을 위쪽으로 날려 버리는 것을 감지한 듯 부리부리한 눈을 끔벅이며 경호성을 토했다.

"적의 말대로 보통 실력이 아니군. 대체 어딜 다녀온 건 가?"

"무슨 말인지? 그보다 누구십니까?"

"하하하. 소개가 늦었군. 나는 용병 길드 알펜 지부장인 로랑이네."

지부장이라니 생각보다 거물이다.

"적을 비롯해서 함께 의뢰를 수행한 용병들과 약초꾼들의 증언 그리고 흔치 않은 전사장과 마도사의 추천서로 인해서 길드 차원에서 승급을 고려했었네. 그래서 자네를 급하게 찾았었네."

용병 길드 입장에서는 전사의 전당 측에 강자를 빼앗기고 싶지 않아서 일을 서둘렀지만 가온이 그런 상황을 알고 있을 리가 없었다.

"급한 일을 처리하느라 잠시 밖에 나갔었습니다."

"그랬군. 그런데 에스림 용병단의 객원 단원으로 사냥 대회에 참가 신청을 하지 않았던가?"

"그것도 맞습니다."

"사냥 대회는 당장 오늘부터 시작되는데 의뢰를 받으려고? 다른 참가자들은 지금 성문 밖에 집결해 있을 텐데."

로랑의 물음에 가리엘 전사장은 그것까지는 몰랐는지 놀란 얼굴로 가온을 쳐다봤다.

"전 아직 의뢰를 수락한다고 하지 않았습니다만."

"맞아! 그랬지. 가리엘 전사장, 어떤 의뢰인가? 아니, 그 전에 할 일이 있네."

가온이 그게 뭔지 물어보기도 전에 로랑이 다시 입을 열었다.

"그럼 당장 패부터 바꾸도록 하지. 미셀, 실버 패 하나 새로 만들어 봐."

"……실버요?"

가온에게 실버 패는 눈에 들어오지도 않지만 미셀이라는 여직원은 믿지 못할 얘기를 들은 것 같은 얼굴이었다.

"그래. 이틀 전에 열린 지부 회의에서 내려진 결정도 그렇고 내 실력으로도 감당할 수 없는 강자이니 골드 패를 내줘야 마땅하지만 세운 공적이 없으니 내가 가진 재량으로 만들 수 있는 실버 패를 내줘야겠어."

재량으로 실버 패를 내줄 수 있다니 역시 지부장다웠다.

"지부장님이 책임지신다니, 알겠어요."

"하하하. 생각했던 것보다 용병 길드의 일 처리가 참 매끄럽고 화끈하군. 사실 아무리 실적을 쌓지 못했다고 해도 온 님의 실력이라면 최소한 실버는 되어야지요. 그래야 의뢰주도 안심할 겁니다."

돌아가는 상황을 지켜보던 가리엘이 마음에 드는 듯 크게 웃었다.

"맞는 말이오."

가온은 아직 모르고 있었지만 등급마다 최저 보수가 달랐고 무엇보다 길드에서 떼는 수수료율이 달랐다. 당연히 우드 패의 경우 수수료율이 높아서 본인이 챙기는 금액이 낮았다.

"그런데 의뢰 내용을 못 들었습니다만."

왠지 자신의 의지와 상관없이 일이 흘러가는 것 같아서 가리엘에게 시선을 주었다.

"아! 온 님을 만나 너무 반가운 나머지 기본적인 것도 못 지켰네요. 호위 의뢰입니다."

"호위요?"

높은 분이 어딘가 행차를 하는 모양인데 용병에게 호위를 맡긴다니 이상했다. 전사들도 많지 않은가.

"성주님의 영식과 영애를 포함한 아카데미 학생들이 유적 탐방을 위해서 잠시 성 밖을 나갈 일이 생겼습니다. 그런데 최근에 성 밖 상황이 좋지 않아서 사냥 대회를 열기로 했고 전사장들이 대거 차출된 상태라서 사람이 부족한 상황입니다. 물론 밀착 경호를 하는 호위 전사들이 있기는 하지만 혹시 모를 사태에 대비해서 전사장급이 한 명 정도는 동행해야 합니다."

전사장급이 부족해서 용병 길드를 찾게 되었다는 얘기였다.

"동행을 하다가 위험한 상황이 닥치면 해결하는 겁니까?"

"그렇다고 보면 됩니다. 뭐 하지만 크게 위험할 일은 없습니다. 웨어울프나 늑대 들이 전혀 출현하지 않는 남쪽의 유적 지대를 탐방하고 오는 코스이니까요. 그래서 전사도 한명밖에 동행하지 않는 거고요."

그렇다는 건 개인 호위를 제외하고는 전사 한 명에 예비 전사와 병사가 전부라는 것이다.

"일정은 어떻게 됩니까?"

"3박 4일 일정이고 보수는 300골드입니다."

"가리엘 님은요?"

돈에는 별 관심이 없었다.

"지금 성에는 전사장이 부족해서 난리도 아닙니다. 해야할 일이 산더미입니다."

성에 전사장이 얼마나 되는지는 알 수 없지만 뭐 상황이 그렇다면 그런 것이다.

"언제 하면 되는 일입니까?"

"그게, 미안한 말씀이지만 내일 당장 출발해야 합니다."

"사냥 대회와 겹치네요."

시간이야 별 상관이 없었지만 에스림 용병단과 약속한 것도 있고 최소한 내성 도서관을 출입할 수 있는 자격을 얻는 것도 중요했다.

가온이 막 부정적인 대답을 하려는 순간 가리엘이 급하게 입을 열었다.

"온 님 정도의 강자라면 사냥 대회는 신경 쓸 필요가 없습니다."

"그런데 연을 맺은 한 용병단과 같이 사냥하기로 한 것도 있고 시티에 원하는 것도 있어서 말입니다."

"시티에 원하시는 것이 대체 뭡니까?"

"제 고향에 알 수 없는 일이 벌어졌습니다. 그 일에 대해서 명쾌하게 설명해 줄 분을 만나고 싶습니다. 이를테면 시티 마탑주와 같은 분요."

자신이 생각한 범주를 벗어났는지 가리엘은 물론이고 옆에서 대화를 듣고 있던 로랑도 잠시 아무 말도 하지 못했다.

"일단 사냥 대회에서 활약을 하는 것은 마탑주님과 만나는데 아무런 영향도 미칠 수 없습니다. 그분은 밝힐 수 없는 용무로 시티를 떠나셨고 한동안 돌아오지 않으실 겁니다."

이런!

'이렇게 되면 도서관을 뒤져야 하나?'

"그럼 도서관을 출입할 수 있는 권한이라도 얻었으면 좋겠습니다."

"그 정도는 이번 호위 의뢰에 대한 대가에 더해서 충분히 얻을 수 있습니다. 뭣하면 제 권한을 대리해서 사용해도 되니까요."

"언제 어디로 가면 됩니까?"

가온은 굳이 오랜 시간이 걸리고 밖에서 숙식을 해야 하는 사냥 대회 대신 호위 의뢰를 수락하기로 했다. 에스림 용병단에게는 미안하지만 어쩔 수 없었다.

"늦은 아침, 내성 남문 앞에서 기다리겠습니다."

아무래도 귀족의 자제들이라서 일찍 움직이지는 않는 모양이다.

"더 알아야 할 것이 있습니까?"

"호위 대상인 귀족가의 영식이나 영애들은 모두 순하고 착한 성품이라 그쪽은 신경 쓸 일이 없는데, 병사들과 예비 전사들이 좀 문제가 될 겁니다. 미리 당부는 해 두겠지만 공을 세울 수 있는 사냥 대회 쪽에 참가하지 못해서 기분이 상해 있는 녀석들이라서요. 온 님이 적당히 봐주시면 될 것 같습니다."

무슨 말인지 알 것 같았다. 전사장도 아니고 용병이 동행하니 당연히 발생할 수 있는 기 싸움이나 텃세 정도를 의미하는 것일 터다.

"참고하겠습니다."

"온 님을 이렇게 만나서 가장 골치 아팠던 일이 해결되어 정말 다행입니다. 그럼 저는 내일 남문 앞에서 뵙겠습니다."

그렇게 인사를 한 가리엘은 사냥 대회의 준비 때문에 바쁜지 서둘러 길드를 나섰다.

패가 만들어지는 동안 지부장인 로랑에게 몇 가지 사항

을 들었다. 예를 들면 실버급은 의뢰에 따른 수수료를 10%
만 뗀다는 것이나 실버 등급 의뢰 열 건을 완수하면 골드
패를 받을 수 있다는 것, 골드급이 되어야 클랜이나 용병단
을 등록할 수 있다는 내용 등 가온이 꼭 알고 있어야 할 내
용이었다.

"이번 사냥 대회는 어떻게 될 것 같습니까?"

이젠 굳이 참가할 이유가 없게 되었지만 그래도 궁금했다.

"전사들은 물론이고 용병들도 대거 참가하기 때문에 성황
리에 개최될 걸세. 보통 토벌과 달리 꽤 많은 상금과 보상을
내걸었거든. 돈 좋아하는 놈들은 눈에 불을 켜고 사냥을 하
겠지. 물론 그만큼 위험할 테지만."

"웨어울프들이 그렇게나 많습니까?"

로랑은 대답 대신 침중한 얼굴로 고개를 끄덕였다.

"현재 목격된 웨어울프만 해도 100에 가깝다고 하네. 웨어
울프 한 마리가 대략 100여 마리의 늑대를 거느린다는 사실
을 생각하면 무척 심각한 일이지."

그럼 회색 늑대만 1만 마리나 된다는 얘기이니 알펜성 입
장에서는 심각할 수밖에 없었다.

"혹시 무리를 이룬 놈들이 있는 겁니까?"

"맞네. 처음에는 한두 마리만 모여 다녔는데 최근에는 대
여섯 마리로 구성된 무리가 목격되었네. 그래서 시티 측에서
사냥 대회를 열기로 한 것이고."

웨어울프야 그렇다고 치더라도 회색 늑대가 오륙백 마리라면 당연히 위험할 수밖에 없었다. 아무리 마수가 아니라고 해도 자신이 직접 사냥한 아이테르의 회색 늑대는 마나로 육체를 강화할 수 있는 전사들도 쉽게 상대할 수 없었다.

무엇보다 놈들이 위험한 이유는 지능이 뛰어난 웨어울프가 이끈다는 점이다. 그 엄청난 숫자로 유인, 매복 기습 등 다양한 사냥술을 구사할 수 있으니 말이다.

"본래 웨어울프가 이렇게 시티 근처에 자주 출몰했습니까?"

로랑이 굳은 얼굴로 고개를 저었다.

"본래 웨어울프는 건조한 초원 지대에 서식하는데 그곳에 무슨 일이 생겼는지 우리 시티는 물론이고 인근의 다른 시티 주변에도 빈번하게 발견되고 있네. 피해도 빠르게 커지고 있고."

가온은 로랑 지부장의 말에 답답함을 느꼈다. 탄 차원에서 비해서도 정보가 너무 적다는 생각이 들었다.

'아! 타이탄에 대해서 물어보자!'

이 세계에 건너와서 가장 흥미를 끄는 타이탄이라는 존재가 너무 궁금했다.

"한빙초를 채취하러 갔다가 타이탄이라고 불리는 인간형 기계를 보았는데, 아는 것이 있으면 말씀해 주십시오."

"오! 타이탄을 봤군."

"그게 타이탄이 맞습니까? 너무 작은 것 같은데요. 체고가 기껏해야 3미터 정도였습니다."

"하하하. 자네가 본 타이탄은 세상에 존재하는 타이탄의 대부분을 차지하는 기가스라네. 보통 사람들은 타이탄이라고 부르지만 정확한 명칭은 기가스지. 마나를 증폭하는 기능은 없지만 보통 인간의 대여섯 배에 달하는 힘을 낼 수 있어서 많은 분야에서 사용되고 있지."

"그럼 다른 타이탄도 있다는 겁니까?"

사그라들던 관심이 확 살아났다.

"당연히 있지. 대략 300년 전부터 대형 마탑들이 손을 잡고 만들어 내기 시작해서 지금은 세 번째 등급까지 나왔지. 그런데 진짜 타이탄에 대해서는 나도 아는 것이 많지 않네. 라이더의 마나를 증폭시켜 주기 때문에 전투력은 대단하지만 제작하는 데 천문학적인 자금과 마도사들의 힘이 필요하기 때문에 알펜 시티도 고작 10여 기를 보유하는 데 그쳤다는 것, 그리고 동력과 크기에 따라서 몇 등급으로 분류된다는 정도에 불과하네."

실망스럽게도 로랑은 타이탄에 대해서 잘 모르고 있었다.

하지만 실망도 잠시 그가 설명한 내용이 다시 큰 흥미를 끌었다. 그때 협곡에서 봤던 타이탄만 보고 실망을 했는데 그게 전부가 아니라면 얘기가 달라진다.

"등급이라고요?"

"총 다섯 등급이 있지. 각 등급의 이름은 알파, 베타, 감마, 델타, 입실론이네."

로랑이 언급한 이름들은 그리스의 알파벳이다.

하지만 그가 지구의 그리스에서 사용하는 알파벳을 알거나 사용하는 것이 아니고 이 차원과 지구 사이에 문명의 교류가 있었던 것도 아니니 시스템이 가온이 이해하기 쉬운 단어로 변환하는 것에 불과할 것이다.

"델타와 입실론은 고대 문명의 유적에서 아주 희귀하게 발견되는 타이탄으로 타이탄의 원형이라고 보면 되네. 알파, 베타, 감마의 세 등급의 타이탄은 오래전에 발굴한 델타급 타이탄들을 현 문명의 마법학자와 공학자가 연구해서 만들어 낸 아류라고 할 수 있네."

"그렇군요. 그런데 진짜 타이탄들이 기가스와 달리 마나 증폭 효과를 가지고 있는 거 맞습니까?"

"맞네. 알파급은 키가 5미터 이상이고 라이더의 마나를 30%까지 사용할 수 있다고 하네."

"3할이라고요?"

너무 낮은 수치가 아닐까?

"강철로 만들어져 강력한 힘을 발휘할 수 있는 타이탄이 마나까지 사용할 수 있다니 얼마나 대단하겠나. 3할이 낮은 것 같지만 무시무시한 파괴력을 발휘할 수 있네."

생각해 보니 그건 그랬다. 기본적인 스텟 자체가 엄청난 로봇이 마나까지 사용한다면 정말 무시무시한 위력을 발휘할 수 있었다.

"그럼 나머지 타이탄들은요?"

"베타는 7미터 내외의 키에 라이더의 마나를 45% 내외를, 감마는 9미터 내외의 키에 라이더의 마나를 60%까지 사용할 수 있다고 하네."

6할을 사용한다면 얘기가 다르다. 마나 축적량에 따라 다르지만 검기 완숙자에 해당하는 익스퍼트 상급 이상의 강자는 타이탄을 타고도 검기를 발현할 수 있다는 얘기였는데 키가 7미터가 넘는 거대한 타이탄이 검기를 사용한다면 그 위력은 능히 상상하고도 남았다.

검기를 사용할 수 없다고 해도 마나를 사용해서 타이탄의 스텟을 강화할 수 있다면 가장 낮은 알파급이라고 해도 결코 무시할 수 없었다.

"델타와 입실론은 어떻습니까?"

"고대 유적에서 발굴된 두 등급의 타이탄은 메가 시티나 극소수의 마탑들만이 보유하고 있으며 아주 가끔 오우거와 같은 거대 몬스터를 토벌할 때 동원된다는 얘기만 알려졌을 뿐 자세한 내용은 비밀이네. 다만 어느 세력이건 델타급 타이탄을 양산할 수 있게 된다면 인류의 생존과 교통을 위협하는 모든 마수와 몬스터를 토벌하고 이 세상을 통일할 수 있다고 하네. 특히 자아를 가지고 있으며 주인을 스스로 선택한다는 입실론이 제대로 활동한다면 지금 벌어지고 있는 세상의 혼란을 잠재울 수 있다고 하지."

"입실론급 타이탄이 존재는 하는 겁니까?"

"거기에 대해서는 말이 많기는 해. 하지만 테솔라 시티에서 고대 유적지를 발굴할 때 워낙 많은 사람들이 있었기에 키가 15미터 이상인 초거대 타이탄이 발굴된 사실은 세상에 알려졌지. 이제까지 인류가 발굴한 타이탄들은 대부분 델타급으로 키가 대략 12미터 내외인 것과 비교하면 차원이 다른 크기였거든. 그 후론 모습을 드러내지 않아서 이런저런 얘기가 도는 것이지만."

입실론급 타이탄이라.

가온은 할 수 있다면 꼭 그런 타이탄을 가지고 싶었다.

"델타급 타이탄은 활동이 가능합니까?"

가온의 질문에 로랑은 고개를 저었다.

"지금까지 12기가 발굴되었고 거대 성과 마탑들이 소유하고 있는데 기체 손상 정도가 너무 심해서 탑승할 정도가 아니라고 들었네."

연구용으로만 사용한다는 얘기였다.

그렇게 로랑과 얘기를 한 지 30분 정도가 지나자 그의 이름이 새겨진 실버 패가 나왔다.

성명 : 온 훈

출신 : 아니테라 시티
등록지 : 알펜 시티
추천인 : 로랑(알펜 지부 지부장)
경력 : 골드급 의뢰 두 건 완수

　패에 새겨진 내용은 간단했지만 가온은 이 패가 다른 패와 다른 점을 알지 못했다.
　그건 바로 추천인 항목이었다. 다른 실버급 용병의 경우 추천인란은 대부분 없었던 것이다. 즉, 쌓인 공적을 통해 자동으로 승급이 되기에 추천인이 필요하지 않았다.
　"앞으로 잘 부탁하네."
　지부장인 로랑이 발행비 10골드를 직접 수령한 후 패를 내주었다.
　"저야말로 잘 부탁드립니다."
　드디어 알펜 시티의 내성 안으로 들어갈 수 있는 등급패를 얻게 되었다.
　"실버 패의 소지자는 내성에 들어갈 수 있는 거 맞습니까?"
　"맞네. 혹시 내성에서 구할 것이라도 있는 건가? 우리에게 필요한 물품 대부분은 외성에서 구할 수 있고 품질도 뛰어날 텐데."
　"오늘 시간이 되니 도서관에 한번 들러 보고 싶어서요."

이제 내성에 들어갈 수 있다니 필요한 정보를 알아볼 수 있다는 생각이 들었다.

"아! 아까도 그렇게 말했지. 대체 도서관에는 왜 가려는 건가?"

용병이 도서관이라는 단어를 언급하는 것을 한 번도 본 적도 없었던 로랑은 황당한 얼굴로 잠시 눈을 끔뻑거렸다. 사실 용병은 대부분 문맹이라서 도서관이라는 단어는 용병과는 정말 어울리지 않는 장소였다.

"개인적으로 알아볼 것이 있어서요."

"도서관에 출입하려면 최소한 시민권이 있어야 해요."

이번에는 직원인 미셸이 대신 대답했다.

"시민권은 어떻게 취득합니까?"

"그게, 잘은 모르겠지만 일정 기간 본성에 거주해야 하고 그 기간 동안 납세와 같은 시민의 의무들을 성실하게 이행한 후 무슨 위원회에서 심의를 받아야 한다고 했어요."

"시민권은 내성에 거주할 수 있는 권리가 있지. 그리고 전사와 달리 우리와 같은 용병은 어지간해서는 시민권이 나오지 않네. 시티에 큰 공을 세운 경우라면 모르지만."

미셸과 로랑의 대답을 들은 가온은 살짝 얼굴을 찡그렸다.

'알펜시에 거주하는 시민이라면 모두 받을 수 있는 것이 아니네.'

생각보다 도서관을 이용할 수 있는 권리를 취득하는 것이 어려웠다.

하지만 그리 크게 실망하지는 않았다. 가리엘을 통한다면 내성의 도서관에 출입할 수 있을 테니 말이다. 물론 그 전에 호위 임무를 제대로 수행해야 하지만 말이다.

'알펜 시티는 다른 시티들에 비해서 큰 편이 아니라고 했지.'

인구가 500만이 넘거나 육박하는 메가 시티도 30여 개나 된다고 하니 알펜 시티의 규모를 대충 짐작할 수 있었다. 아마 마수와 몬스터로 인해서 교통이 원활했다면 알펜 시티는 다른 시티의 침략을 받아서 지배당했을 가능성이 높았다.

"그래도 이번 의뢰의 보상으로 가리엘 전사장이 도서관 출입 권한을 약속했으니 잘해 보게. 게다가 어쩌면 시민권을 얻을 수 있을지도 모르겠네."

"어떻게 말입니까?"

"혹시 아는가. 유력자들의 자제들이 위험해졌을 때 자네가 활약을 한다면 말이지."

가온은 로랑의 말에 피식 웃었다. 그럴 가능성이 있는 의뢰라면 아프람이 자신과 같은 실버급 용병 한 명만 원했을 리가 없었을 것이다.

'아무튼 열 건의 의뢰를 빨리 완수해서 골드급이 되자!'

그래야 용병 클랜을 만들어 정식으로 활동할 수 있다.

로랑이 추천한 여관에 방을 얻은 가온은 일찌감치 아니테라로 건너가서 사랑하는 두 여인과 시간을 보내기로 했다. 이미 아니테라에는 자신이 떠난 지 며칠이나 지난 후일 테니 말이다.

졸지에 하루라는 시간이 고스란히 남은 가온은 잠시 고민을 하다가 에스림 용병대와 약속한 것을 떠올렸다.

"혹시 에스림 용병대가 어느 쪽으로 갔는지 아십니까?"

"왜 약속을 어긴 것 때문에 그러나?"

"그렇습니다. 만나서 사정 얘기를 좀 하려고요."

아무리 가벼운 인연이라도 아무런 말도 없이 약속을 깨는 것은 예의가 아니다.

"그런 거라면 걱정하지 말게. 마침 내가 그쪽으로 갈 일이 있으니 대신 만나서 얘기를 하도록 하지. 자네가 사냥 대회보다 더 좋은 의뢰를 받았다고 하면 아쉬워하겠지만 충분히 이해할 걸세."

"그럼 부탁합니다."

그렇게 로랑 지부장 덕분에 마음의 부담을 덜 수 있었다.

'그럼 오늘 하루는 뭘 하며 보낼까?'

원래 생각은 실버 패를 받았으니 내성 구역을 돌아보면서 겸사겸사 시장도 둘러보면서 이곳 아이테르에서 하루를 보내는 것인데 다시 생각하니 별 의미도 없었고 흥미도 돋지 않았다.

'이럴 바에는 아니테라로 건너가자.'

차라리 아니테라에서 수련을 하는 편이 나을 것 같았다. 그곳에는 사랑하는 여인들도, 자신을 주인으로 생각하는 이들도 있어 그 어느 곳보다 마음이 편했다.

호위 임무

　다음 날 아침, 내성 남문으로 향한 가온은 홀로 기다리고 있는 가리엘을 만날 수 있었다.

　"아침은 드셨습니까?"

　가리엘이 먼저 인사를 해 왔다.

　"네, 먹었습니다. 가리엘 경은요?"

　"어울리지 않는 서류를 잡고 씨름을 하다 보니 입맛이 없습니다."

　정말 피곤한 모양이다. 검기를 사용하는 전사장임에도 불구하고 눈 아래쪽이 거뭇거뭇할 정도이니 말이다.

　"이건 우리 시티의 유명한 치료사가 개발한 비약입니다. 심신의 피로를 풀어 주고 활력을 강화해 주는 효과가 있습니다.”

가온은 가리엘이 딱해서 골드비 꿀을 희석해서 만든 포션 하나를 내밀었다.

“감사합니다!”

가리엘은 의심조차 하지 않고 바로 포션을 복용하더니 실시간으로 표정이 바뀌었다.

“어, 어떻게 이런 비약이!”

이 세계에도 포션이 있다. 다만 치료용이 아닐 경우 체력이나 마나를 회복시켜 주는 용도여서 피로를 풀어 주고 신체 활력을 높여 주는 효과는 없었다.

‘이곳에는 활력 포션이 없지.’

워낙 마나가 농후한 세상이라서 어느 정도 쉬면 쉽게 활력을 되찾을 수 있어서 활력 포션은 개발되지 않은 것이다.

그러니 가리엘이 그동안 숱하게 복용했던 포션과는 차원이 달랐다. 마시는 순간 입안부터 화해지더니 복잡했던 머리부터 맑고 상쾌해지더니 곧 푹 자고 난 것처럼 몸이 가벼워진 것이다.

가리엘은 놀랄 수밖에 없었다.

‘이건 마치 숙면을 취했거나 수차례 연공을 한 후의 상태와 같지 않은가!’

정말 놀라운 효과를 가진 포션이다. 아니, 포션이라기보다는 가온이 말한 것처럼 비약이 맞았다. 가리엘은 새삼 가온의 고향이라는 아니테라 시티가 어떤 곳인지 궁금했다.

하지만 가온의 질문이 먼저였다.

"호위 대상은 몇 명이나 됩니까?"

어제는 실버 패와 타이탄 때문에 정작 의뢰에 대한 내용은 제대로 숙지하지 못했다.

"총 일곱 명입니다. 다들 시티의 유력자 자제지만 특히 성주이자 시장님의 삼남인 칼테인 영작과 사녀인 데이리나 영애의 안전이 가장 중요합니다."

"목적지는요?"

"마차를 타고 시티에서 남쪽으로 세 시간 거리에 이미 오래전에 발굴이 끝난 고대 유적지가 있는데 그곳을 3박 4일에 걸쳐서 탐방할 예정입니다."

"유적지는 어떤 곳입니까?"

"그게 확실하지 않습니다. 고대 거인족이나 타이탄과 연관된 시설임은 분명한데 지진으로 인해 내부가 완전히 무너진 상태였거든요. 발견되었을 때 동굴 고블린들이 자리를 잡고 있었습니다."

그러면서 추가로 설명을 해주길 동굴 고블린은 채광은 물론이고 작은 규모의 용광로를 만들어서 다양한 도구를 제작할 수 있는 높은 능력을 가지고 있어 고블린 장인이라는 이름으로 불린다고 했다.

"그런 곳을 굳이 갈 필요가 있습니까?"

"아시다시피 성의 북쪽 일원에는 비정기적인 사냥 대회를 열 정도로 웨어울프와 회색 늑대의 발호가 심한 상태입니다. 각급 아카데미의 교관과 상급 아카데미 학생들도 대거 참여하지요. 덕분에 아카데미들은 새로운 커리큘럼을 마련해야 했습니다."

"그래서 유적 탐방 일정이 생겼군요."

"그렇습니다. 대부분의 학생들은 아카데미 내에서 수행할 수 있는 커리큘럼을 이수하는데, 일부는 혈기를 주체하지 못하고 어떻게 해서든 밖에 나가고 싶어 해서 외부 일정을 잡은 겁니다."

호위 대상에 시장의 자녀들이 포함되었다면 본래 없는 커리큘럼일 것이다.

"물론 상황이 좋지 않으니 아직 웨어울프를 포함한 수인족이 전혀 발견되지 않은 안전한 남쪽 구역의 유적 탐방을 하기로 한 겁니다. 한 명뿐이지만 검술 교관도 동행하고 전사장급을 포함한 호위들도 있으니 아카데미 교장이나 시장님도 허가한 것이고요."

이번 의뢰의 배경은 충분히 이해했다.

"무사히 다녀올 수 있다면 모두가 좋은 일이지요. 수행 인원은 어떻게 됩니까?"

"아카데미 교관 한 명은 익스퍼트 중급이고 영작과 영애의 개인 호위 둘은 익스퍼트 초급입니다. 또한 이제 막 전

사의 전당을 나온 오러유저급 예비 전사 열 명을 이끌 전사
는 익스퍼트는 아니지만 전투 경험이 많아서 노련하니 믿
을 만합니다. 그 밖에 시티에서 지원한 병사의 경우 스무
명입니다."

현 시장의 영작과 영애가 끼어 있어서 그런지 텅 비어 있
는 고대 유적지를 탐방하는 아카데미 학생들을 호위하는 인
원치고는 차고 넘칠 정도다.

'뭐 많으면 나야 좋지.'

"학생들의 연령은 어떻게 됩니까?"

"중급 아카데미 3학년이니 열셋에서 열다섯 살 사이입니
다."

가리엘의 대답에 가온은 내심 조금 긴장했다.

'성인이 되는 시기가 빠른 세상이니 사춘기나 중2병도 지
났겠지?'

그때 내성 안에서 사두마차 두 대가 나왔는데 책과 검이
그려진 깃발을 달고 있는 것을 보면 호위 대상들이 타고 있
는 것 같았다.

가온은 호위 대상자들은 보지도 못했다. 교관과 그들은 아
예 마차에서 내리지도 않았기 때문이다.

대신 가리엘의 소개로 예비 전사들과 병사들을 이끌기로
한 전사인 케인과 간단하게 인사를 나누었다.

"온 님이 호위 병력을 지휘하지 않겠다고 하셨으니 자네가 잘 지휘하도록."

가온은 가리엘의 부탁에도 불구하고 지휘권을 맡지 않겠다고 했다. 전사와 병사의 반발이 예상된다면서 말이다.

"성심껏 호위 임무를 수행하겠습니다."

가온을 소개받고 불편한 기색이었던 케인은 자신이 지휘권을 행사하라는 가리엘의 명령에 이빨이 드러날 정도로 희색을 보였다.

'뭘 좀 아는 친구군.'

명예로운 전사가 용병의 지휘를 받는다는 건 말이 안 된다고 생각하는 케인은 가온에게 조금은 호의를 품었다.

잘 다듬긴 했지만 짙은 수염으로 인해서 30대 초반이라는 나이보다 더 들어 보이는 케인은 자신 딴에는 가온이 잘 처신한 것에 대한 보상으로 말 한 필을 양보했다. 예비마 두 마리 중 한 마리로 다른 한 마리는 자신이 탈 예정이었다.

"나는 위급한 상황에서만 나설 테니 난 신경 쓰지 말고 임무를 수행하십시오."

"고맙, 습니다."

상대가 용병이고 나이가 어려 보여서 무심코 말을 놓으려고 했던 케인은 가리엘의 서슬 푸른 눈길에 자세를 바로 했다.

"온 님, 잘 부탁드립니다!"

"걱정하지 마십시오."

3박 4일짜리 학생 호위 임무에 자신이 바라는 도서관 출입 권한은 물론 300골드까지 준다니 가온으로서는 편한 의뢰였다.

"자, 출발!"

서른에 달하는 예비 전사와 병사들은 목적지까지 걸어갈 예정이기에 나름 각오한 얼굴로 내딛는 발에 힘을 주었다.

이동은 순조로웠다. 외성을 나간 후 1시간 정도 지나서 첫 번째로 쉴 때까지만 해도 잘 닦인 대로인 데다 성의 다른 쪽과 달리 남쪽은 중간에 마을들이 꽤 있는지 통행량도 꽤 많았기 때문이다.

다만 이후로는 이동 속도가 약간 느려졌다. 통행이 많지 않은지 길이 울퉁불퉁해서 마차가 아까만큼 속도를 내지 못했다.

그럼에도 별다른 위험은 없었다. 굳이 높이 자란 풀을 벨 필요도 없었다. 체고가 어른 키에 달할 정도로 거대한 말과 마차가 풀을 짓누르며 길을 냈다.

그동안 가온은 일행과 약간 거리를 두고 천천히 따르기만 했다. 굳이 나설 이유도 없었지만 그럴 상황도 벌어지지 않았다.

호위 대상들은 휴식을 할 때 마차 밖으로 나오긴 했지만 가온을 한두 번 쳐다봤을 뿐 별다른 관심을 보이지 않았다.

굳이 말을 섞고 싶지 않은 것은 가온도 마찬가지였다. 그래서 일부러 마차와 거리를 두고 말을 탄 채 주위를 돌아보는 식으로 만남을 피했다.

문제는 두 번째 휴식을 하고 출발한 지 얼마 되지 않아서 작은 강을 마주친 후 넓은 강둑을 따라 이동하기 시작한 직후에 일어났다.

ㅡ회색 늑대들이 달려오고 있어!

미리 정찰을 부탁한 카오스의 의념이었다.

'방향과 거리 그리고 숫자는?'

ㅡ강 건너편이고 200마리 정도인데 변신한 웨어울프 두 마리가 뒤따르고 있어. 거리는 대략 1킬로미터.

가온은 바로 케인 쪽을 쳐다봤다. 카오스에게 전달받은 정보를 전해 주려는 것이다.

그런데 마침 그와 광대뼈가 유난히 튀어나와 강한 인상을 가진 예비 전사가 하는 대화가 들려왔다. 예비 전사들 중에서 가장 나이가 많고 실력도 가장 높은 것으로 파악한 자였다.

"……사장급이라니 말도 안 되지."

"맞습니다. 적어도 저 나이에 실버 패를 가진 용병은 없습니다."

"그래?"

"네. 우리 시티의 용병 중 실버 패 소지는 100명도 안 됩니다. 제가 이름조차 들어 보지 못한 실버급 용병은 단언코 없습니다."

"세텐의 말이 맞습니다. 삼촌이 브론즈급 용병이라 용병계에 대해서는 잘 안다고 자부하는 저도 못 들어 봤습니다!"

다른 예비 전사들도 다투어 세텐이라는 자의 말이 맞는다고 확인해 주었다.

"그럼 대체 누구지?"

"가리엘 전사장님의 태도로 봐서는 거짓은 아닌 것 같으니 용병 길드에 영향력을 발휘할 수 있는 인물이 힘을 써서 패를 발행해 주지 않았을까 싶습니다. 혹시 가리엘 전사장님과 아는 사이가 아닐까요? 누군가에게 부탁을 받았거나요."

"생각해 보니 후자가 맞겠네. 그 양반이 좀 정치적이잖아. 시장님이나 마탑과 얽힌 건이면 임무를 바꿔서라도 출장을 나가기도 할 정도니까. 저 친구의 생김새나 분위기도 용병과는 어울리지 않고. 어느 귀족의 사생아가 아닐까 싶네."

"아무튼 함부로 대할 수는 없겠네요."

"그러라고 가리엘 전사장이 우리 앞에서 존대까지 하지 않았는가."

"아쉽네요."

"뭐가?"

"학생들, 특히 가리엘 전사장께서 줄을 대려고 노력하는 시장님의 영작과 영애 앞에서 실력을 까발려 주고 싶었는데 말이지요."

"후후후. 듣기만 해도 재밌겠네. 하지만 그런 짓을 했다가는 나는 물론이고 자네도 가리엘 전사장께 찍힐 거야."

케인뿐 아니라 옆에 있는 예비 전사들이 모두 웃었다. 그들도 모두 같은 마음이라는 얘기였다.

"그래서 포기는 했는데 영 마음에 안 드네요. 나중에 기회를 봐서 골탕을 좀 먹여야겠습니다."

"어떻게 하려고?"

"병사들에게 식사를 따로 준비하지 말라고 얘기해 두었습니다. 식사는 물론 잠자리도 혼자 알아서 하도록 내버려 두라고요."

"그거 문제가 생기는 거 아니야?"

케인이 인상을 쓰며 물었다.

"문제는 무슨. 용병을 따로 챙기라는 명령은 받지 못했잖습니까?"

"그거야 그런데……."

"항의를 하면 그때 주면 되지요. 그리고 사실 우리가 시티 소속이지 용병 길드에 속한 것은 아니니 수발을 들 필요는 없잖아요. 어차피 그 자식도 의뢰를 받은 것이니 우리 태도에 불만이 있어도 함부로 행동하지는 못할 겁니다."

거기까지 들은 가온은 피식 웃었다.

'도와주려고 했는데 안 되겠네.'

아무리 육안으로 정찰이 가능하다고 해도 정찰대를 전혀 운용하지 않은 것부터 마음에 들지 않았었다.

회색 늑대는 몸집이 송아지보다 더 커서 따로 정찰조를 운용한다면 충분히 발견할 수 있었다. 강 건너편이라고 해도 회색 늑대가 달려오는 모습을 전혀 알아차리지 못할 정도로 정찰에 아무런 신경도 쓰지 않은 전사들이 너무 한심했다.

가온은 자신이 받은 의뢰의 내용을 다시 떠올렸다.

'학생들만 안전하면 된다고 했지. 특히 시장이자 성주의 영식과 영애.'

전사와 병사의 안위는 신경 쓰지 않아도 된다는 얘기였다.

물론 가온의 성정상 임무로 얽힌 이들이 죽어 가는 것을 방치할 수는 없겠지만 부상을 입는 정도라면 마음에 걸릴 것도 없었다.

원래라면 회색 늑대의 접근 사실을 알리고 마차를 이용해서 방진을 완성했을 시간.

"회색 늑대다!"

이제야 강 쪽을 향해 달려오는 회색 늑대들을 확인한 호위들이 패닉에 빠졌다. 케인부터 당황해서 어쩔 줄 모르니 예비 전사들과 병사들은 더욱 우왕좌왕했다.

"맙소사! 왜 이곳에?"

"너, 너무 많아!"

"뭐, 뭘 어떻게 해야 하는 거야?"

"방진! 방진을 만들어야 해! 책임 전사가 대체 누구야? 당장 마차에서 말을 떼어 내어 안쪽에 묶고 마차로 강 쪽을 막아!"

보다 못한 교관이 마차에서 나와 소리를 지르자 겨우 회색 늑대를 맞이할 준비를 하기 시작했지만 이미 늦었다. 회색 늑대들은 이미 강 건너편에 모습을 드러냈기 때문이다.

그래도 다행한 건 놈들이 너비가 10여 미터인 강의 존재로 인해서 잠시 멈추었다는 사실이다. 바로 덮쳤으면 엄청난 피해가 났을 정도로 예비 전사와 병사 들의 태도는 방만했었다.

그때 가온은 이미 말에서 내려 높이가 10여 미터 정도인 나무의 높은 가지에 올라가 있었는데 아무도 그를 찾지 않았다. 그에게 관심 자체가 없는 것이다.

'전사들과 병사들이 따로 놀고 있군. 왜 병사들을 따로 두는 거지? 게다가 학생들 쪽에도 몇 명을 보내야 할 것 같은데 왜 저러지?'

가온은 케인의 지도력이나 전사들의 행동이 마음에 들지 않았지만 지휘권을 양도한 이상 간섭할 명분은 없었다.

우우우우!

이제야 뒤쪽에서 모습을 드러낸 웨어울프가 하울링을 하자 물을 앞두고 발을 멈추었던 회색 늑대들이 한두 마리씩

강물로 뛰어들었다.

그때는 교관의 지휘로 겨우 마차 두 대로 강 쪽을 막아 둔 예비 전사와 병사들은 검과 창으로 강둑에 나란히 도열했다. 그리고 마차에서 내린 앳된 얼굴의 학생들은 불안한 얼굴로 교관과 두 호위 전사의 뒤쪽에 모여 있었다.

건기인지 강물의 수위는 생각보다 굉장히 낮았다. 회색 늑대의 배 부분이 겨우 닿을 정도에 불과했다.

그래서인지 회색 늑대들은 거침없이 강을 건넜고 순식간에 강둑의 인간들을 향해 도약했다.

"주, 주거!"

병사들은 2미터 남짓의 창을 찔렀고 예비 전사들은 검을 휘둘러 강둑으로 올라오는 회색 늑대들에게 상처를 내는 데 성공했지만 단번에 죽이지 못했다.

회색 늑대들은 인간과의 전투 경험이 있는지 날아오거나 몸에 꽂힌 창을 앞다리로 치거나 이빨로 물어뜯어 부숴 버렸고 검에 의한 자상은 신경도 쓰지 않고 상처를 입힌 인간을 공격했다.

기세에서 밀린 예비 전사와 병사로 이루어진 대열이 무너지는 것은 순식간이었다.

물론 그들도 회색 늑대를 단숨에 죽이지는 못했어도 회색 늑대의 선두를 강둑 위로 올라오지 못하도록 하는 데는 성공했지만 파도처럼 이어지는 후미의 회색 늑대들은 동료의 몸을 디딤대로 삼아서 대열을 훌쩍 뛰어넘었다.

그런 회색 늑대들은 마차 사이의 틈이 아니라 아예 도약을 해서 마차 위로 뛰어 올라가는 방식으로 예비 전사와 병사의 뒤쪽에 있는 학생들까지 노렸다.

물론 이쪽은 어느 정도 대비를 하고 있기는 했다. 그사이에 교관과 호위로 보이는 두 남녀가 학생들을 가운데 놓고 삼각진을 형성한 것이다.

'호오! 교관의 실력은 제법이네.'

엘프의 피가 섞였는지 수려한 외모를 가진 교관은 환도와 비슷한 직도로 검기를 생성해서 회색 늑대들의 머리통을 노리고 휘둘렀는데, 회색 늑대들도 위험하다는 사실을 아는지 훌쩍 뛰어 뒤로 물러나거나 옆으로 빠져 피했다.

영식과 영애의 개인 호위로 보이는 두 남녀의 실력도 괜찮은 편이었다. 20대 후반으로 보이는 그들은 검기에 입문한 상태로 검기를 생성하지는 않았지만 마나로 강화한 빛나는 검을 현란하게 휘둘러 회색 늑대들의 공격을 막았다.

하지만 세 명으로는 빠르게 수가 늘어나는 회색 늑대들의 공격을 막기가 힘들었다. 무엇보다 학생들의 경호 때문에 행동에 제약이 있을 수밖에 없어서 금방 수세에 몰릴 수밖에 없었다.

"크아아악!"

"아악! 물렸어! 도와줘!"

강을 건너오는 회색 늑대의 숫자가 늘어나면서 병사들은 물론 예비 전사들 중에서도 피해가 발생하기 시작했다.

그나마 다행한 것은 전사나 병사가 착용한 방어구가 품질이 좋았고 목을 보호하는 폭이 넓은 띠 형태의 방어구까지 착용하고 있어 회색 늑대들이 가장 좋아하는 급소인 목덜미를 보호할 수 있었다는 사실이다.

물론 그럼에도 회색 늑대들은 강력한 치악력과 날카로운 이빨로 전사와 병사의 무기를 부수고 방어구와 함께 살점을 뭉텅이로 물어뜯어 내고 있었다.

아직 웨어울프조차 건너오지 않았는데 이 정도라면 사고가 나도 단단히 날 수밖에 없었다. 물론 가온이 없다는 가정하에서 말이다.

'이제 움직여 볼까!'

가온은 이제야 등에 메고 있던 활을 풀고 시위에 화살을 걸었다.

'으윽! 죽는다!'

선임병인 라델은 길고 날카로운 송곳니가 자신의 목을 향해 내려오는 모습을 똑똑히 보면서도 비명조차 지르지 못했다. 오른팔과 허벅지의 근육이 한 움큼 떨어져 나가 버린 후에는 악을 쓸 힘조차 나지 않았다.

'어머니!'

꿀이라고 생각했던 임무에 이런 위험이 도사리고 있는 줄 알았다면, 아니다. 그랬어도 자신은 성을 나올 수밖에 없었을 것이다. 선임병이기는 하지만 명령에 죽고 명령에 살아야 하는 병사이니 말이다.

주마등처럼 살아온 나날들이 그림처럼 스쳐 가며 그리운 얼굴들 역시 떠올랐다.

그때였다.

퍽!

둔탁한 타격음과 함께 자신의 목을 향해 떨어져 내리던 회색 늑대의 아가리가 옆으로 날아갔다.

'뭐, 뭐지?'

고개를 돌려보니 머리통에 깃만 겨우 나올 정도로 화살이 깊이 박힌 회색 늑대가 3미터 이상 날아간 상태로 경련을 하고 있었다.

슉! 슉! 슉!

퍽! 퍽! 퍽!

라델은 누군가 화살을 쏘고 그 화살들이 회색 늑대의 머리통에 깊이 꽂힌다는 사실을 겨우 인식했지만 이내 머릿속이 헝클어졌다.

'무슨 화살이!'

화살이 아니라 창이 박히는 것 같았다. 머리통에 화살이 깊이 박히는 순간 송아지보다 더 큰 회색 늑대들이 충격에 대여섯 보 거리까지 날아갔다.

덕분에 살아난 것은 자신만이 아니다. 창이 부러졌거나 놓쳐 겨우 단검 하나로 회색 늑대와 육탄전을 벌이다가 죽어갈 수밖에 없었던 병사들은 거의 예외 없이 위험에서 벗어난 상태였다.

'대체 누가?'

그럴 때는 아니지만 호기심을 도저히 억제하지 못한 병사들은 사방을 둘러보다가 강가에 유난히 높이 자란 나무의 가느다란 가지를 밟은 상태에서 빠르게 화살을 연사하고 있는 인물을 발견할 수 있었다.

'실버급 용병!'

맞다. 분명히 그렇게 들었다. 호위 대상이 귀한 분들이라서 전사장이 직접 호위를 해야 하는데 인력이 부족해서 용병 길드에서 뛰어난 실력의 용병을 구했다고.

외모로만 보면 귀족가의 자제처럼 미끈하게 잘생겼던 그 젊은 용병은 귀찮은 얼굴로 케인이라는 전사에게 지휘권을 넘겨 버리고 일행과는 조금 거리를 두고 말을 탄 채 쫓아오기만 했다.

그래서 처음에는 관심을 보이다가 발이 아파지면서 관심을 끊었는데 이렇게 화살로 자신들의 목숨을 구해 줄 수 있는 실력자인 줄은 정말 몰랐다.

'그런데 화살에 얼마나 강한 힘이 실렸으면 강철 검으로도 쉽게 부술 수 없는 단단한 머리뼈를 뚫을 정도지? 아니, 그 전에 화살에 맞은 놈들이 타이탄의 주먹에 맞은 것처럼 날아간 것은 대체 어떻게 된 걸까?'

라델의 안목이나 실력으로는 도저히 이해할 수 없는 일이지만 어쨌든 그가 화살을 날려 자신들을 구해 준 것은 사실이다.

"다들 마차 사이로 물러나!"

살 희망이 생겨서인지 방금 전까지만 해도 전혀 힘이 들어가지 않았던 라델의 근육에 활기가 돌았다.

라델은 움직이기 힘들 정도로 다친 병사들을 마차 사이에 집어넣고 앞뒤로는 자신을 포함해서 어떻게든 무기를 휘두를 수 있는 이들로 배치했다.

"죽이지 않아도 돼! 그냥 접근하지 못하도록 해!"

병사들의 창은 그런 의미에서 좋은 무기였다. 두셋이 공간을 틀어막고 동시에 내지르는 창은 회색 늑대의 접근을 효율적으로 막을 수 있었기 때문이다.

한편 마차 뒤쪽의 상황은 좋지 않았다. 학생들을 가운데 두고 교관과 두 호위가 삼각형을 이룬 상태로 회색 늑대를 상대하고 있는데 놈들의 숫자가 빠르게 늘어나면서 자연스럽게 틈이 커져 버린 것이다.

아카데미 검술 교관인 크뤼포와 두 호위 전사는 마나를 최고조로 끌어 올려서 최대한 틈이 생기지 않도록 움직이고 있었지만 마나가 빠르게 고갈되고 있었고 설상가상으로 죽인 회색 늑대의 사체들이 움직임을 방해하고 있었다.

"젠장!"

가벼운 마음으로 학생들을 데리고 나온 크뤼포는 자신의 결정을 후회하고 있었다. 아무리 웨어울프와 회색 늑대가 출몰하는 지역이 아니라고 해도 위험을 경시해서는 안 되는데 시장의 영식을 포함한 귀족 자제들의 집요한 요구를 끝내 거절하지 못한 것이다.

'이렇게 속절없이 밀리고 있을 때 웨어울프가 가세하면 끝장인데!'

웨어울프는 크뤼포와 같은 익스퍼트 중급이 간신히 상대할 수 있을 정도로 만만치 않은 적인 데다 한 개체가 보통 100여 마리의 회색 늑대들을 이끌고 있어 아주 위협적인 마수였다.

잠깐 딴생각을 해서일까? 그와 여자 호위의 틈 사이로 유난히 몸집이 큰 회색 늑대 한 마리가 파고들었다.

감각이 칼날처럼 서 있는 크뤼포와 영애의 호위인 마리엔도 그것을 감지했지만 도저히 몸을 뺄 수가 없었다. 이미 그들이 만들었던 삼각진은 놈들을 상대하는 과정에서 너무나 커져서 간격이 크게 벌어진 상태였다.

그들이 유일하게 바라는 것은 그나마 검을 쥐고 있는 세

남학생이 부디 자신들이 갈 때까지 회색 늑대를 견제하는 것이었다.

'그럴 수 있을 리가 없지.'

전사의 전당이나 상급 아카데미에서 전사학부 학생이라면 모르겠지만 그저 체력 단련의 일환으로 검술을 배우는 10대 초중반의 귀족 자제들에게 그럴 능력이 있을 리가 없었다.

크뤼포와 두 호위는 순간적으로 학생들을 구하기 위해서 검을 강하게 휘둘렀다. 삼각진을 포기하려는 것이다.

삼각진을 포기하면 난전을 벌일 수밖에 없는데 호위가 최우선이 그들로서는 난전은 최악이었다. 운신에 제약이 있는 상태에서 회색 늑대의 파상 공세를 감당해야만 하는 것이다.

'그래도 어쩔 수 없어!'

학생들이 죽게 되면 자신들의 목숨도 그 순간 끝나는 것이나 마찬가지였다. 어떻게 해서든 최대한 버텨야만 했다.

그때였다.

슈욱! 꽝!

빛살처럼 빠르게 날아온 화살이 검을 쥐기는 했지만 겁에 질려 부들부들 떨며 움직이지도 못하는 남학생들과 바닥에 주저앉은 여학생들을 향해 도약하는 회색 늑대의 뒷머리에 화살이 꽂히는가 싶더니 머리통이 산산조각이 나서 사방으로 비산했다.

털썩!

힘을 잃고 학생들 바로 앞에 떨어진 회색 늑대는 머리통이 사라진 기괴한 상태로 뜨거운 피를 뿜어내고 있었다.

"으아아악!"

"끼아아악!"

　학생들의 비명이 연속해서 터져 나왔지만 그건 죽음을 앞둔 자가 지르는 것과는 차원이 달랐다.

　크뤼포와 두 호위의 눈은 높은 나무 위, 가는 나뭇가지를 밟고 서서 안정적으로 화살을 쏘고 있는 궁사를 향하고 있었다.

　'실버급이라고 하더니 활 솜씨가 대단해. 거기에 굉장히 위력적인 아이템까지 가지고 있었군.'

　이제야 출발하기 전에 마차 안에서 들었던 용병의 존재가 떠올랐다. 성에서도 실력자로 꽤 많이 알려진 가리엘 전사장이 자신보다 강자라고 소개했던 용병이었다.

　슉! 슉! 슉!

　꽝! 꽝! 꽝!

　가느다란 나뭇가지를 밟고도 너무나 안정적으로 보이는 그 용병은 그들의 시선에는 신경도 쓰지 않고 연신 시위를 당겼는데 그 화살에 맞은 회색 늑대들은 머리통이 터져 나가며 단숨에 무력화되었다.

　이제야 숨을 돌릴 수 있게 된 크뤼포와 두 호위는 뒤로 물러나면서 자신들도 모르게 커진 진형을 좁혔다.

하지만 세 사람이 상대할 회색 늑대는 더 이상 없었다. 놈들도 동료들의 머리통이 산산조각이 나는 것을 알아차리고 주변을 둘러보며 도망치려고 했기 때문이다.

그렇지만 도망친 회색 늑대는 없었다. 가온이 날리는 화살은 보통 화살과 달리 동체 시력을 능가하는 빠른 속도로 머리통에 꽂혔다.

얼마 후 세 사람과 학생들을 위협하던 회색 늑대들은 더이상 없었다. 크뤼포가 숨 한 번 길게 내쉬는 동안 사방에는 머리통이 사라진 회색 늑대들이 30여 마리나 되었다.

'화살만으로 이런 결과를 만들어 냈다고! 정말 놀랍군!'

그만큼 그 용병은 빠르게 화살을 연사했으며 하나도 빗나가지 않고 회색 늑대들을 죽여 버린 것이다.

마나로 안력을 강화한 크뤼포는 가온이 쏜 화살이 아이템이 아니라는 점을 확인하고 더욱 놀랐다.

'단순히 마나로 강화한 것이 아니라 뭔가 특별한 마나 운용술로 목표물에 꽂히는 순간 폭발하도록 만든 거야.'

그런 결론이 내려지자 더욱 놀랄 수밖에 없었다. 그가 아는 한 그런 마나 운용술은 없었기 때문이다. 결국 가온이라는 용병은 자신은 생각할 수도 없는 아득히 높은 수준의 마나 운용력을 가진 강자란 것이다.

이제 폭발하는 화살도 그들이 아니라 마차에 등을 대고 육탄전을 벌이는 예비 전사들을 상대하는 회색 늑대들 쪽으로 날아가기 시작했다.

크뤼포는 말을 많이 섞은 사이는 아니지만 안면이 있는 다얀과 마리엔에게 학생들을 부탁하고 전사들 쪽으로 달려갔다. 검기를 사용하느라고 체력은 물론 마나도 많이 소진된 상태지만 그냥 있으면 안 되는 상황이었다.

다행하게도 마차 사이의 틈에 들어가 있는 병사들은 한 명도 죽지 않았다. 심각한 부상을 입은 병사들은 안쪽에 두고, 비교적 경미한 상처를 입은 병사들이 창을 들고 회색 늑대의 접근을 견제하고 있었다.

하지만 강둑과 마차 사이에 포진했던 전사들의 상태는 심각했다. 케인이라는 이름의 책임 전사는 물론이고 예비 전사 열 명도 하나같이 몸 곳곳에서 살점이 뭉텅이로 떨어져 나간 처참한 몰골로 간신히 검을 휘두르거나 동료의 뒤에 쓰러져 있었다.

그래도 크뤼포가 나설 필요는 없었다. 나무 위에서 날아온 화살들이 강을 건너온 회색 늑대들의 머리통을 연신 산산조각으로 만들고 있었기 때문이다.

강둑은 물론 둑 아래에도 머리가 사라진 회색 늑대의 사체들이 널려 있었다. 그 모두가 화살에 당했다.

우우우우!

하울링과 함께 건너편 강둑에 웨어울프 두 마리가 모습을 드러냈다. 선발대 격인 100여 마리가 모두 죽어 버리자 놈들이 나서려는 것이다.

새로 나타난 웨어울프 두 마리와 100여 마리의 회색 늑대를 바라보는 사람들의 얼굴이 딱딱하게 굳었다. 회색 늑대들만으로도 죽기 직전까지 몰렸는데 웨어울프 두 마리까지 더 추가되었으니 두려울 수밖에 없었다.

사람들의 시선은 자연스럽게 가온에게 향했다. 현재 입은 부상의 정도와 상관없이 자신들의 생존 여부가 그에게 달려 있다는 사실을 알고 있었기 때문이다.

그때 가온이 밟고 있는 가느다란 나뭇가지가 크게 한번 출렁이는가 싶더니 그의 몸이 마치 새처럼 강 건너편을 향해 날아갔는데 그 속도가 엄청나서 마치 허공에 선이 그어지는 것 같았다.

다다닥!

크뤼포 교관은 곧바로 달려서 마차 위로 올라갔다. 조금 늦었지만 학생들과 두 호위 역시 그 행렬에 동참했다. 어느 정도 안전이 확보되자 전황이 너무 궁금했기 때문이다.

교관인 크뤼포가 마차 위로 올라간 이유는 가온을 돕기 위한 것이 아니었다. 현재 그의 입장에서는 충격을 받은 학생들 곁을 떠날 수는 없었지만 가온의 무력에 대한 순수한 호기심이 그렇게 행동하게 만든 것이다.

학생들 역시 비슷한 이유에서 움직였다. 사방에 머리통이 사라진 처참한 회색 늑대들의 사체가 널려 있어서 피비린내가 진동했지만 그들은 그런 광경에도 크게 신경을 쓰지 못할 정도로 자신들의 목숨을 구해 준 용병에게 강한 호기심을 느낀 것이다.

두 호위의 도움으로 마차 위로 올라간 학생들은 희끗한 사람의 형체가 마치 바람처럼 빠르게 움직이는 모습과 핏줄기를 뿜어내며 쓰러지는 회색 늑대들의 모습을 볼 수 있었다.

"대체 어떻게 된 겁니까?"

성주의 셋째 아들인 칼테인이 턱이 빠진 것처럼 입을 쩍 벌리고 있는 크뤼포에게 물었다.

"그, 그게⋯⋯."

얼마나 놀라고 흥분했는지 말까지 더듬는 교관의 설명을 들은 칼테인은 도저히 믿을 수가 없었지만 지금 눈앞에 펼쳐지고 있는 일장의 도살극을 보고 있기 때문에 안 믿을 수가 없었다.

'새처럼 빠르게 날아가면서 날린 새하얀 검기로 단숨에 웨어울프 두 마리의 목을 잘랐다고?'

비록 두 형처럼 검과 관련된 재능을 타고나지 않았지만 어릴 때부터 몸을 단련하고 검술을 익혀 왔던 칼테인은 웨어울프가 어떤 존재인지 잘 알고 있었다.

'상급 전사라야 일격에 죽일 수 있다고 했어!'

그렇기에 사냥 대회를 열어서 웨어울프와 놈들이 이끄는

회색 늑대를 토벌하기로 한 것이다.

'상급 전사의 무력이 이렇게 대단하다니!'

얼마나 빨리 움직이는지 모습이 뿌연 안개처럼 보였고 그가 지나간 길 뒤에는 목이 잘려 피를 분수처럼 뿜어대며 움직이다가 쓰러지는 회색 늑대들이 즐비했다.

마침내 가온의 모습을 확인했을 때는 더 이상 움직이는 회색 늑대는 남아 있지 않았다. 심지어 도망친 놈들도 보이지 않았다.

"마, 말도 안 돼!"

병사와 전사는 물론이고 크뤼포와 두 호위도 회색 늑대를 한 마리도 죽이지 못했다. 학생들의 안전 때문에 삼각진을 유지하는 데 급급했다. 그래서 가온 혼자서 웨어울프 두 마리와 200여 마리의 회색 늑대를 전멸시킨 것이다.

그렇게 말도 안 되는 참극을 벌인 주인공은 느긋하게 자신이 죽인 놈들 사이를 걸어 다니면서 확인 사살을 하더니 마지막으로 목이 잘린 웨어울프들을 도축하기 시작했다.

'하아! 대체 몇 살부터 사냥을 해 왔기에 저리도 능숙하게 도축을 하는 거지?'

얼마나 손이 빠른지 마치 죽은 웨어울프가 스스로 가죽옷을 벗는 것 같았다.

사람들은 가온의 모습을 지켜보면서 한동안 말을 잃었다.

그만큼 그가 보여 준 무위가 극적이었기 때문이다.

'저런 강자가 겨우 실버급 용병이라고?'

칼테인은 문득 출발하기 전에 마차의 작은 창을 사이에 두고 가리엘 전사장에게 들은 말이 생각났다.

"교관님."

"으응? 왜?"

넋을 놓고 있다가 겨우 대답을 하는 크뤼포의 모습이 생경했다. 이렇게 놀라고 당황한 크뤼포 교관의 모습은 처음 봤다.

"혹시 저분 등급이 실버가 맞습니까?"

"그렇게 들었다."

"저런 실력이면 전사로 치면 상급인가요?"

"전사의 등급은 검기의 숙련도를 기준으로 한 것이기에 큰 의미가 없다. 저 용병의 경우 검기를 능숙하게 사용할 뿐 아니라 잔상만 남을 정도로 빠른 움직임과 백발백중의 궁술까지 보유하고 있으니 최상급으로 보면 될 것 같구나."

크뤼포는 전사 출신이지만 상대가 용병이라고 해서 실력을 폄훼할 생각은 전혀 없었다. 저 정도 실력이라면 알펜 시티의 세 수석 전사장에 비해도 부족하지 않다고 생각했다.

"하아! 실버급 용병이 최상급 전사라니."

칼테인은 너무 황당해서 어떻게 이해할지 알 수가 없었다. 용병이 전사보다 더 강한 것은 분명히 아닐 것 같은데 저런 강자가 실버급 용병이라니 도무지 이해가 가질 않았다.

"다들 대충은 알고 있겠지만 용병의 등급은 실력만으로 내려지는 것은 아니다. 아무리 강자라도 의뢰 횟수를 채워야 승급할 수 있다. 실력에 더해서 실적과 활동 기간이 필요하지."

칼테인과 학생들은 크뤼포의 설명을 들은 후에야 이해가 갔다.

"그, 그래야 말이 되지요! 그런데 저분은 왜 전사로 활동하지 않고 용병이 된 걸까요?"

"그건 나도……."

그건 크뤼포도 궁금했다. 저런 강자라면 굳이 용병으로 활동할 필요가 전혀 없었기 때문이다. 신분이며 재물 등 원하는 것은 무엇이든 가질 수 있었다. 어떤 시장이라도 휘하에 거두고 싶을 인재인 것이다.

"무슨 사정이 있겠지."

뒤에서 들려오는 목소리의 주인공은 칼테인과 배가 다른 누이로 동갑이라서 아카데미도 함께 다니고 있는 데이리나였다.

"무슨 사정?"

칼테인은 얼굴을 돌리지도 않고 물었다.

"그거야 알 수 없지. 하지만 확실한 건 혼자 웨어울프 두 마리와 회색 늑대 200여 마리를 순식간에 썰어 버릴 정도로 강한 실력자가 우리 시티에서 용병으로 활동을 한다는 거야."

맞다. 저 실력으로 전사가 아닌 것은 이상한 일이지만 어쨌든 알펜 시티에 거점을 두고 활동하는 용병이니 활용하기에 따라서 엄청난 힘이 되어 줄 수 있었다.

"오빠들과 언니들이 알게 되면 난리가 나겠지."

그들의 아버지이자 현 시장은 아직 후계를 정하지 않았다. 나이도 많지 않을 뿐 아니라 딱히 후계로 정할 정도로 두각을 나타내는 아들이나 딸이 없었기 때문이다.

심지어 성의 무력을 나눠 가지고 있는 세 명의 수석 전사장들조차 입장을 정하지 않았다. 아직 성주가 건재하고 있으며 드러내어 후계자로 지지할 인물이 없었기 때문이다.

'쉽지는 않겠지만 저 용병만 휘하에 거둘 수 있다면 내게도 기회는 있어!'

아직 성년이 되지 않은 칼테인이지만 시장이 되는 것과 그저 시장의 형제자매로 사는 것의 차이는 분명하게 알고 있었다.

'귀족으로 호의호식은 할 수 있지만 대신 평생 감시를 받으며 작은 세력조차 만들 수 없는 것이 성주의 형제자매들이지. 그나마 남자는 정략결혼을 하지 않아도 된다는 것 정도가 장점이지만.'

그게 싫으면 자신을 따르는 이들을 이끌고 성 밖으로 나가서 독자적인 세력을 일구는 것인데 역사적으로 성공한 예가 거의 없었다. 그만큼 성 밖은 위험한 세상이었다.

칼테인은 검술에 대한 재능은 없지만 머리가 명석하고 마나 친화력이 높아서 마법을 배우고 있었다. 물론 배다른 누이인 데이리나 역시 마찬가지였다. 내년에 상급 아카데미에 진학하는 대신 마탑에 들어갈 예정이다.

아마 서른 전후에 마탑에서 나오면 대접은 받으면서 살겠지만 그동안은 자유로운 삶을 포기해야만 했다. 성주의 영식으로 대접을 받으면서 사는 것도 이제 곧 끝이 나는 것이다.

'굳이 성주가 되고 싶지는 않지만 저런 강자만 끌어들일 수 있다면!'

그런 생각을 했던 칼테인은 곧 머리를 저었다. 자신은 최상급 전사 실력을 가진 강자를 끌어들일 수 있는 그 무엇도 가지고 있지 않다는 사실을 깨달은 것이다.

'아쉽네! 그래도 저런 강자가 우리 시티 소속이니 좋은 일이지.'

왜 전사가 되지 않았는지는 알 수 없지만 저런 강자를 성주에게 천거하는 것만으로도 자신은 큰 업적을 세우는 것이 될 거라는 생각이 들었다.

병사들의 부상 정도는 상대적으로 괜찮았다. 가온의 화살에 가장 늦게 구함을 받은 예비 전사들에 비해서 말이다.

일찍 구함을 받은 병사들은 몸집이 무거운 회색 늑대들에게 깔리거나 앞발에 맞아서 방어구와 함께 살점 일부가 뜯겨 나가거나 뼈가 부러지는 정도의 부상을 입었다.

회색 늑대들을 상대하는 과정에서 팔다리가 물어뜯긴 예비 전사 대부분은 제대로 움직이지도 못할 정도로 심한 부상을 입었다. 근육과 뼈는 물론이고 혈관까지 끊어져서 과다 출혈로 의식을 잃은 이들도 있었다.

타박상이 아니라 살점이 뭉텅이로 떨어져 나간 부상이었기에 포션을 먹고 발랐지만 등급이 낮아서 즉시 치료가 되지 않았고 치료되는 과정에서 발생하는 고통은 고스란히 느껴야만 했다.

사망자가 안 나온 것이 다행일 정도의 엄청난 피해였지만 그래도 아카데미 학생들이 마차를 양보했기에 그 자리에 남겨지는 것은 피했다.

케인이라는 책임 전사가 탔던 말은 성주의 영식과 영애가 탔고 나머지는 걸어야만 했는데 가온은 이제까지와 달리 일행과 조금 거리를 두고 앞에서 이동하면서 주위를 경계했다.

다들 목숨을 구해 준 은혜에 감사 인사를 했고 이제까지 없는 사람 취급했던 것과 달리 어떻게 해서든 그와 대화를 해 보려고 했지만 가온이 정찰 겸 길을 열겠다고 말을 타고 앞으로 가 버렸다.

되도록 천천히 이동을 했기에 예정보다 1시간 정도 늦게 목적지에 도착했는데 완만한 경사에 높이는 낮지만 규모가 제법 큰 산의 기슭이었다.

'바로 옆에 강과 연결된 큰 호수가 있군.'

고대 유적이라고는 하지만 가치가 없다고 판단해서 제대로 관리하지 않았는지 폭 20미터에 높이 40미터 정도인 거대한 인공 동굴의 입구가 그대로 보였다. 그리고 그 옆에는 본래 문이었던 것으로 보이는 거대한 판석의 파편들이 널려 있었다.

그리고 한쪽에는 이런 식으로 방문하는 이들을 위해 5미터 높이의 흙벽으로 둘러싸인 숙영지 터가 있었는데 꽤 오래전부터 방문객이 없었는지 벽은 군데군데 무너지고 바닥에는 흙먼지가 깔려 있었다.

원래 도착하는 즉시 밤을 보낼 숙영지부터 손을 봐야 하는 병사들이 힘없이 바닥에 주저앉았다. 예비 전사들에 비해 부상 정도가 낮고 포션을 사용했다고 해도 체력이 방전되는 것은 피할 수 없었다.

원래 마차를 타고 편하게 왔어야 할 학생들도 지쳤는지 몇 그루 안 되는 관목 아래의 그늘로 들어가서 숨을 몰아쉬었고 마차에 타고 있는 전사들은 끙끙거리며 나올 생각은 아예 하지도 못했다.

가온이 주위를 한 바퀴 돌고 말에서 내릴 때 눈치를 보던 교관이 다가왔다.

"어떻습니까?"

"별다른 위험 요소는 없었습니다."

"다행입니다. 온 님도 좀 쉬십시오."

"저는 괜찮습니다. 이후 일정은 어떻게 하기로 했습니까?"

이런 일이 벌어졌으니 학생들이 굳이 이곳에서 하룻밤을 보내려고 하지 않을 것 같아서 묻는 것이다.

"의견을 수렴했는데 다들 일정대로 하자고 하네요."

자신들을 지켜 주고 수발을 들 예비 전사들과 병사들이 이런 꼴이 되었음에도 학생들은 일정을 고집했다.

가온이 이상하게 생각하는 것을 눈치챘는지 크뤼포 교관이 쓴웃음을 지으며 입을 열었다.

"중급 아카데미 학생이라고는 해도 이렇게 성 밖에 나올 기회는 거의 없습니다. 온 님이 없었다면 모르겠지만 이런 기회를 날려 보내고 싶지 않은 것이지요."

"유적 탐방이 목적이 아니군요."

"그렇다고 보면 됩니다. 용병으로 활동하는 온 님이야 성 밖을 자유롭게 오가니 잘 느끼지 못하겠지만 높고 단단한 성 안에서만 평생 지내다 보면 강한 구속감과 갑갑함을 느낄 수밖에 없습니다."

크뤼포는 교관답게 학생들의 감정 상태를 제대로 파악하고 있었다.

"그나저나 점심을 먹어야 할 텐데 병사들의 상태가 저래서 어떻게 해야 할지 모르겠습니다."

그렇게 병사 얘기를 꺼낸 크뤼포는 따라온 병사 중 다섯 명이 본래 취사병이라고 했다. 귀족 자제들의 입에 맞는 음식을 조리하기 위해서 특별히 집어넣었다는 것이다.

'취사병치고는 잘 싸우던데.'

병사들은 대부분 덩치도 크고 힘도 셌다. 그래서 가온은 귀족 자제들의 외유를 위해서 성에서 특별히 강한 병사들을 차출한 것으로 생각했었다.

가온은 자신이 직접 조리를 하려고 하다가 굳이 그럴 필요가 없다는 사실을 깨달았다.

'차라리 병사들을 치료해 주자.'

물론 치료 마법을 쓸 생각은 없었다. 병사들은 이미 치료 포션을 사용한 상태이기도 했다.

크뤼포와 잠깐 대화를 나눈 가온은 창백한 얼굴에 식은땀까지 흘리고 있는 병사들이 있는 곳으로 향했다.

"온 님!"

"은인!"

힘든 상황에서도 목숨을 구해 준 은인을 본 병사들이 안간 힘을 쓰며 일어나서 그를 맞이했다.

"다들 힘들지요?"

병사들은 대답할 힘도 없는 듯 쓰게 웃으며 고개를 끄덕였다.

"이건 내 고향의 치료사들이 약초를 이용해서 만든 것으로, 치료 포션은 아니지만 몸의 피로를 풀어 주고 면역력을 높여서 치료 효과를 높여 주는 비약이니 다들 한 병씩 마셔요."

가온이 내민 비약은 골드비의 꿀과 로열젤리를 희석시킨 것으로 골드비의 꿀만 희석한 비약에 비해서 효능이 뛰어났다.

"이, 이런 감사할 일이!"

"감사합니다!"

정식으로 성에 고용되기는 했지만 봉급이 너무 낮아서 포션조차 마음 놓고 마실 수 없는 병사들이기에 가온의 선의가 더욱 크게 다가왔다.

병사들은 다투어 가온이 내주는 비약을 마셨고 잠시 후에는 약속이라도 한 것처럼 서로의 얼굴을 보며 놀랐다.

"어떻게 이런 약이!"

심신에 쌓인 피로감은 물론 상처가 치료되는 과정에서 발생하는 고통이 크게 낮아진 것이다. 미약하지만 치료 효과도 있어서 멍이 옅어지고 뼈가 부러져서 부목을 대고 있는 병사들의 경우에는 뼈가 붙는 속도가 촉진되기도 했다.

골드비 꿀과 로열젤리의 희석액이 미약하지만 치료 효능과 더불어 진통 효능까지 가진 것은 가온도 처음 알았다. 부상을 입었을 때 복용해 본 적은 없었기 때문이다.

병사들은 완전히 회복된 것은 아니지만 이전에 비하면 너무나 몸이 가볍다고 느꼈다.

"그런데 우리 뭘 하지?"

다들 쉬고 있는 상황이지만 몸 상태가 한결 나아진 병사들은 눈치가 보였다.

"숙영지를 꾸려야 하는 거 아닌가?"

가온이 병사들에게 비약을 나눠 주고 그것을 복용한 병사들의 상태가 단박에 좋아지는 것을 눈으로 직접 확인한 크뤼포가 선임병인 라델에게 말했다.

"아! 책임 전사의 지시부터 받고 오겠습니다."

라델이 서둘러 마차로 향했다. 책임 전사인 케인 역시 한쪽 허벅지와 두 팔에 주먹 크기의 살점이 뜯겨 나가 포션으로 치료를 하고 마차에 타고 있었다.

얼마 후 케인을 필두로 예비 전사들이 하나둘 마차에서 내렸다. 호위 대상인 아카데미 학생들이 자신들을 위해 마차를 양보하고 여기까지 걸어왔으니 이제는 어떻게든 움직여야 한다는 사실을 깨달은 모양이다.

케인의 지시를 받은 라델은 몸 상태가 크게 좋아진 병사들과 함께 숙영지를 건설하기 시작했다.

말들이 쉴 공간을 만들고 물과 준비한 여물을 주는 것부터 시작해서 숙영지 바닥을 고르고 천막을 치는 등 할 일이 많았다.

가온이 병사들의 행동을 지켜보며 도와야 할지 망설이고 있을 때 크뤼포 교관이 두 학생과 함께 다가왔다.

"온 님, 이 학생들은 성주님의 영식과 영애입니다. 아까 잠깐 보셨겠지만 정식으로 인사를 나누시죠."

원래라면 아카데미 교관이 용병에게 이런 식으로 행동할 리가 없었다. 특히 소개하려는 대상이 성주의 아들과 딸이니 특별할 수밖에 없었다.

"반갑습니다. 아니테라 시티의 온 훈이라고 합니다."

"덕분에 살았습니다. 칼테인 테이번입니다."

"데이리나 테이번이에요. 그런데 아니테라 시티는 어디에 있나요?"

현 성주의 직계인 칼테인과 데이리나는 가리엘이 말한 것처럼 순수하고 맑은 눈빛을 가진 소년과 소녀였다.

"아니테라 시티는 마르트 산맥 깊은 곳에 있습니다."

마침 자신이 처음 이곳에 도착한 장소에서 일주일 거리에 굉장히 큰 산맥이 있었는데 워낙 험해서 마르트라는 이름만 알려졌을 뿐 사람의 통행은 거의 없다고 들어서 이렇게 설명하는 것이다.

"마르트 산맥은 굉장히 험준해서 그 안쪽에 사람이 산다는 말은 들어 본 적이 없는데 규모는 어떻게 됩니까?"

칼테인이 먼저 강한 호기심을 드러냈다. 아니테라 시티처럼 마수와 몬스터의 접근이 어려운 지형에 자리한 타운이나 시티가 존재한다는 사실은 그도 알고 있었지만 성 밖을 나와 본 일 자체가 별로 없어서 자연스럽게 생긴 호기심이었다.

"인구가 대략 5천여 명인 작은 시티입니다. 마수와 몬스터도 쉽게 접근할 수 없는 험준한 곳에 있으며 농경지가 적어서 주로 사냥과 채집을 하며 살아가지요."

"그래서 온 님이 그렇게 활 솜씨가 뛰어났군요."

이 세계는 활보다는 석궁을 많이 사용한다. 기계공학이 많이 발달하기도 했지만 석궁은 오랜 훈련을 받지 않더라도 쉽게 사용할 수 있는 위력적인 투사 무기였다.

"아마도요."

"교관님께 들으니 심신의 피로를 풀어 주고 치료를 촉진하는 비약을 소지하고 있다고요."

"그렇습니다. 아니테라의 고명한 치료사들이 근처에서 채집한 귀한 약초들로 만들었지요."

"복용한 병사들을 살펴보니 육체뿐 아니라 정신에도 큰 효능이 있는 것 같더군요. 혹시 수량에 여유가 있다면 좀 구입했으면 좋겠습니다. 저나 데이리나도 그렇지만 동료들이 상태가 좀 많이 안 좋습니다."

그렇게 말을 하는 칼테인도 얼굴이 창백한 것으로 보아 회색 늑대들의 공격을 받을 때 심리적으로 큰 충격을 받은 모양이다. 전사의 전당 출신도 아니고 전사 훈련을 제대로 받은 것도 아니니 어쩌면 당연한 일일 것이다.

게다가 목숨의 위협을 느낀 직후부터 땡볕을 받으며 이곳까지 걸어왔으니 육체적으로 지칠 수밖에 없었다.

"병사들에게 나눠 주느라고 수량이 많지 않은데……."

"얼마나 드리면 될까요?"

"휴우. 돈은 됐습니다."

가온은 부러 아까운 표정을 지으며 비약 열 병을 꺼내 칼테인에게 건네주었다.

칼테인은 미안한 표정을 지으면서도 크뤼포와 데이리나에게 각각 한 병씩 내밀더니 자신 역시 마개를 따서 바로 마셨다.

명색이 시장의 자식이라서 내색은 안 했지만 그만큼 힘들었던 모양이다.

비약을 마신 칼테인은 얼음장을 뒤집어쓴 것처럼 부르르 떨더니 이내 눈을 끔벅거리며 실시간으로 일어나는 몸의 변화를 느꼈다.

"정말 심신의 피로를 풀어 주고 긴장을 완화해 주는군요. 마시는 순간 입안부터 청량해지고 무거웠던 머리가 맑아지는 것이 보통 영약이 아닙니다!"

크뤼포가 감탄을 숨기지 않고 말했다.

아카데미 교관인 만큼 전사로서 오래 활동했던 그는 꽤 많은 포션을 복용해 봤지만 이렇게 즉각적으로 심신의 피로를 풀어 주고 긴장을 풀어 주는 포션은 마셔 본 적이 없었다.

자신이 보호해야 할 대상들이 회색 늑대들에게 무방비하게 노출되었을 때부터 자신도 모르게 굳어 있던 근육과 과부하가 걸린 신경이 자연스럽게 풀어졌고, 쌓인 피로 물질들이 말끔하게 사라지자 몸과 마음이 아주 가벼워졌다.

만약 그가 긴장이 심한 상태가 아니었고 자신의 몸 상태를 꼼꼼하게 파악했다면 마나가 소량이지만 늘어났다는 사실도 알았을 것이다.

데이리나 역시 시장의 영애이기에 오빠인 칼테인처럼 공포에 질렸다는 표를 내지 않으려고 했지만 버티기가 너무 힘들었는데, 비약을 마시고 얼마 후부터 무거웠던 머릿속이 맑아지면서 불안감이 사라지고 몸마저 가벼워지는 것을 실감할 수 있었다.

"이건 포션보다 더 효과가 뛰어난 영약이 맞네요!"

데이리나의 감탄성에 그늘 속에서 세 사람을 주시하고 있던 학생들이 다투어 달려왔다. 그리고 칼테인에게 한 병씩 받아서 마시더니 얼마 후에는 누가 봐도 알아볼 수 있을 정도로 상태가 크게 개선되었다.

칼테인과 데이리나의 강권에 어쩔 수 없이 비약을 복용한 두 호위 역시 놀라운 비약의 효과를 확인했다.

'아니테라 시티라고 했지.'

크뤼포는 빈 비약 병을 눈을 빛내며 주시했다.

언젠가 기회가 닿으면 꼭 방문해서 확보하고 싶을 정도로 뛰어난 영약이 맞았다.

　이건 단순히 치료를 하는 포션보다 훨씬 다양한 용도로 활용할 수 있다는 생각이 들었다.

고대 유적

병사 절반이 천막을 세워 쉴 곳을 마련하는 동안 차출될 취사병들은 가지고 온 재료를 이용해서 음식을 조리하기 시작했다.

얼마 후 사람들은 본부로 쓰일 커다란 천막에 모여 늦은 점심을 먹을 수 있었다.

메뉴는 야외에서 가장 쉽게 조리할 수 있는 스튜였는데 송아지 고기는 물론 향신료가 충분히 들어가서 생각보다 아주 맛이 좋았다.

비약 덕분에 컨디션을 되찾은 학생들은 물론 병사들도 자신 몫의 스튜를 데운 빵과 함께 맛있게 식사를 즐겼다. 음식이 맛있으니 자연스럽게 중간에 만난 웨어울프와 회색 늑대들을 화제로 얘기를 나누기도 했다.

그런데 그런 분위기에서 소외된 이들이 있었다. 몸 곳곳에 붕대를 감고 있는 예비 전사들이었다.

몸이 불편해서 다른 일행과 거리를 두고 떨어져 있는 그들은 식사를 하는 둥 마는 둥 하고 있었다. 하급 포션으로는 빨리 치료되지도 않고 고통도 경감이 안 되는 부상을 입었기 때문이었다.

특히 예비 전사들을 챙기느라고 가장 심한 부상을 입은 책임 전사 케인은 입맛이 없는지 빵을 스튜 국물에 찍어서 조금 먹더니 이내 국물을 마시고는 그릇을 내려놓았다.

그러더니 조심스럽게 가온 곁으로 왔다.

"무슨 일인가?"

병사들에게까지 존대를 하던 가온이 차가운 얼굴로 그를 쳐다보며 물었다.

"그, 그게 혹시 비약에 여유가 있으시면……."

"없소. 설사 더 있다고 해도 효과적인 지휘 체제를 위해서 지휘권까지 양보한 나를 용병이라고 무시하며 심지어 식사와 잠자리까지 챙겨 주지 않으려고 했던 전사들을 위해서 그 귀한 비약을 내놓을 생각은 더욱 없소. 내가 비록 세상 경험이 부족하기는 하지만 그대들처럼 동료 의식이 없는 이들은 보지 못했소."

"……."

케인은 설마 가온이 자신과 예비 전사들이 나눈 대화를 들었을 줄은 몰랐는지 하얗게 질린 얼굴로 아무 말도 하지 못했다.

가온과 케인의 대화를 들은 크뤼포와 칼테인 등 학생들의 얼굴이 일그러졌다. 전사들이 그런 모의를 했다는 사실을 모르고 있었다.

"굳이 공치사를 하거나 뒤늦게 돈을 받을 생각은 없지만 아무에게나 줄 수 있는 비약이 아니오. 우리 아니테라의 비약은 이름을 밝힐 수 없는 마탑에서 가끔 구입해 가는데 개당 가격이 10골드요. 그들이 전량 사용하지만 다른 이들에게 팔 때는 개당 50골드에 판다고 들었소."

가온의 차가운 말에 케인은 얼굴을 들지 못하고 제자리로 돌아갔고 기대가 가득한 얼굴로 이쪽을 쳐다보던 예비 전사들은 굳은 얼굴로 힘없이 돌아오는 케인을 보고 실망하는 얼굴이 되었다.

거리가 있어서 대화는 듣지 못했지만 가온의 차가운 얼굴과 풀이 죽은 케인의 얼굴만 봐도 내용을 짐작할 수 있었다.

크뤼포 교관과 두 호위 그리고 학생들은 자신이 복용한 비약이 그 정도로 비싸다는 사실에 놀라는 것 같았지만 이내 고개를 끄덕였다. 자신들이 직접 확인한 효과를 고려하면 그 정도의 가치가 있다고 인정한 것이다.

순식간에 심신의 피로를 풀어 주고 긴장을 완화해 주며 치료 효과까지 강화하는 포션은 없었다. 수련을 하는 전사나 머리를 혹사하는 마법사들에게 이보다 더 효과가 높은 포션은 없었기 때문이다.

병사들은 먹던 빵까지 떨어뜨릴 정도로 크게 놀랐다. 자신들이 복용한 비약이 그렇게 비싼 포션이었는지 상상도 하지 못했기 때문이다. 그 정도면 중급 치료 포션을 세 개나 살 수 있었다.

"그 비싼 걸⋯⋯."

병사들은 감동한 얼굴로 가온을 쳐다봤다.

가온은 끝까지 전사들에게 비약을 주지 않았다. 부상이야 치료 포션을 사용한 만큼 시간이 지나면 나을 테니 걱정할 일은 없었다.

점심을 먹은 후 학생들은 유적지를 탐방하기로 한 일정을 소화하기로 했다. 비약 덕분에 컨디션을 완전히 되찾은 것이다.

호위는 가온과 크뤼포 교관 그리고 두 호위로 충분했다. 관리를 하지 않기는 했지만 50미터 정도의 넓은 복도밖에 안 남았기 때문이다.

"이곳은 일명 거인의 작업장이라고 불리는 곳이다. 발견 당시 거인들이나 사용할 법한 거대한 각종 도구가 있었다고 해서 붙인 이름이지. 물론 이곳에 있는 유물들은 오래전에 모두 시티에서 가져가서 지금은 아무것도 없다."

크뤼포의 안내로 학생들을 따라서 동굴 입구로 들어가던 가온은 천장에 새겨진 그림에 계속 눈이 갔다.

'타이탄을 형상화한 것 같은데.'

인간과 비슷한 형상 위에 망치와 스패너를 새긴 그림이었다. 그런데 인간의 형체이기는 하지만 어쩐지 타이탄처럼 보였다. 몸의 선이 곡선이 거의 없고 각이 진 것처럼 보였기 때문이다.

'어떤 용도의 고대 유적지인지 알 수 없다고 했던가?'

처음 발견했을 때 발견된 유물은 수많은 도구 종류였는데 철제는 녹이 슬고 형체를 잃어버릴 정도로 삭았지만 일부는 미스릴과 같은 귀한 금속이 섞여 있었다고 했다.

무엇보다 이 유적에서 발견된 유물들이 사람들의 관심을 끈 것은 마치 거인이 사용한 도구처럼 크기와 무게가 엄청났다는 점이라고 했다.

그래서 이름도 '거인의 작업장'이라고 붙였다.

그런데 안쪽으로 들어가면서 가온의 눈을 끈 것이 또 있었다. 천장에 박혀 있는 구조물의 잔해였다.

'설마 고정 장치?'

무언가를 고정하는 용도로 보이는 장치의 일부분인 것들이 일정한 간격마다 천장에 박혀 있는데 끝부분만 간신히 보였는데 멀쩡하다고 가정하면 굉장히 큰 손잡이 모양이었을 것 같았다.

'아무래도 이상해!'

가온은 카오스를 소환해서 이 유적을 샅샅이 살펴봐 달라고 부탁했다.

"뭘 그렇게 보세요?"

데이리나였다.

"천장에 박혀 있는 강철 부착물을 보고 있습니다."

"아! 그것과 바닥이나 벽면에 새겨진 흔적 때문에 이곳이 거인의 작업장이라고 불리지요."

"흔적요?"

"네. 거인이나 썼을 법한 크고 무거운 물건들을 수납했던 것으로 보이는 거치대 혹은 선반의 흔적이 있었지만 해당하는 유물은 없었어요. 그래서 저것도 신기하기는 한데 지진으로 인해 무너진 것으로 추정되는 안쪽을 파낼 생각은 하지 않았어요."

가온은 데이리나의 말을 듣고 순간 '거인'이라는 단어에 꽂혔다.

'이 세계에 진짜 거인이 존재한 것이 아니라면 타이탄과 관계된 시설이 아닐까?'

생각이 그리로 향해서 그런지 가온은 천장에 남겨진 강철 부착물이 어쩌면 지구에서 봤던 크레인이나 거대한 도르레의 고정 장치가 아닐까 의심했다.

'천장까지의 높이가 대략 20미터에 이르니 이곳에서 타이탄을 조립했거나 수리했다고 생각하면 말이 되는데.'

거인이나 쓸 법한 도구가 발견되었다는 것도 사람이 아니라 섬세한 작업이 가능한 타이탄이 사용했다고 생각하면 이치에 맞는다.

그때 데이리나가 가온이 생각하는 바를 부정하는 말을 꺼냈다.

"거인족이 아직 남아 있으면 확인할 수 있을 텐데 아쉬워요."

"거인족요?"

의뢰에 대해 설명을 할 때 가리엘 전사장도 거인족을 언급했다는 사실이 이제야 떠올랐다.

"네. 탈베르인이라고 부르던 거인족이 1천 년 전까지만 해도 존재했다는 기록물이 다수 전해지거든요. 그들은 굉장히 높은 수준의 손재주와 공감각을 가지고 있어서 주로 성벽을 쌓거나 대형 건축물을 건설하는 일을 도맡았다고 해요. 초대형 시티의 성벽들은 대부분 그들이 건설했다고 해요."

아이테르 차원에 불과 1천 년 전까지 거인족이 살았다니 타이탄과 무관하게 흥미가 생겼다.

"그들은 어느 정도로 컸답니까?"

"키가 4에서 5무 사이라고 들었어요."

무는 이 세계의 길이 단위로 대략 1.1미터라고 보면 된다.

'키가 5미터에서 6미터 사이의 거인이라. 그럼 안 맞는데.'

일단 키에 비해서 이 공간의 높이가 너무 높았다. 이곳의 높이는 무려 20미터에 이르니 말이다.

만약 가온이 생각한 것처럼 천장 위의 금속 잔해가 크레인이나 도르래의 고정 장치가 맞는다면 적어도 10미터 이상의 기계장치를 들어 올려서 작업을 했을 텐데 굳이 이렇게 높고 넓은 공간이 필요하지 않았다.

"이곳은 뭘 하던 곳으로 추정하는 겁니까?"

"멀지 않은 곳에 지금도 가끔 채굴하고 있는 노천 철광산이 몇 곳 있어요. 호수 옆에는 거대한 제련소와 제철소 터도 남아 있고요. 3차에 걸쳐 조사를 한 결과 거인족들은 이곳에서 자신들이 사용할 기계장치나 무기를 만들었을 거라고 결론이 났어요."

"창이나 화살 같은 것 말입니까?"

"아마도요. 그들이 주로 사용했다는 기계궁과 같은 정교한 무기도 포함될 거고요. 거인족이 멸종된 것은 천 년 전쯤에 대규모 창궐했던 오우거들 때문이라는 것이 정설이니까요."

"거인들이 오우거와 전쟁이라도 한 겁니까?"

"전설에 따르면 그래요. 당시 거인들은 자신들만의 도시를 만들지 못하고 혈족 단위로 모여 살았는데 힘은 세지만 민첩성이 떨어져서 사냥을 제대로 하지 못했답니다. 그래서 식량을 주로 인간에게 의지했기 때문에 인간들을 대신해서 주로 대형 토목공사를 했어요, 이를테면 시티의 성벽과 같은."

지구의 피라미드도 당시 생존했던 거인족이 건설했다는 얘기를 들은 적이 있기에 금방 이해가 되었다.

"그런데 건축 과정에서 당시 숫자가 엄청나게 불어났던 오우거들의 주공격 목표가 되었답니다. 조금 이상한 얘기지만 오우거들에게 있어서 작은 인간에 비해서 거인족은 먹음직한 식량으로 보였을 테니까요. 물론 정설은 아니에요. 어떤 학자들은 1천 년 전에 거대한 유성이 떨어지면서 발생한 기상이변으로 인해 100년 정도 무척 추운 기온이 유지되던 시기에 변화에 적응하지 못해서 멸종했다는 말도 있어요. 지금까지 내려오는 기록물들도 그 일이 실제로 일어났으며 많은 시티들이 큰 폭의 인구 감소를 경험했다고 언급했어요."

참으로 흥미로운 얘기지만 가온은 들으면 들을수록 이곳이 거인이 아니라 타이탄과 관계된 시설이라는 생각을 지울 수가 없었다.

물론 그건 어쩌면 자연스러운 반응일 수 있었다. 애초에 거인족이 실제로 존재했다는 사실을 잘 알고 있는 이곳 사람들은 거대한 도구들을 보관하는 용도로 추정되는 선반 등을 보고 자연스럽게 거인족을 떠올리겠지만 가온은 거인족에 대한 말을 듣기 이전에 타이탄에 관심을 가졌으니 말이다.

더구나 타이탄은 대략 500년 전부터 발굴이 되었고 본격적인 연구가 시작되어 300여 년 전부터 세 종의 타이탄이 차례로 출시되었지만 제작 비용이 워낙 엄청나서 그나마 숫자도 많지 않았다.

참고로 이 세계의 마탑 중 일부는 타이탄 제작을 통해 막대한 재력을 축적했다. 거대한 마수와 몬스터를 상대해야 하는 도시 국가로서는 타이탄을 구입하는 데 막대한 재정을 투입할 수밖에 없었다.

처음에는 호기심과 흥미를 가지고 유적을 살펴보던 학생들의 주의력은 금세 바닥을 쳤다. 이 유적은 발견 당시부터 이미 텅 비어 있어서 구경할 유물조차 없었기 때문이다.

유적이라고는 하지만 벽이나 천장에 벽화도 알아보기 힘들 정도로 훼손된 상태였고 아무런 구조물도 없는 그저 텅 비어 있는 거대한 통로에 불과했다. 그마저도 안쪽은 지진으로 인해 완전하게 무너져 버렸기 때문에 볼 것이 전혀 없었다.

"이제 돌아가자."

크뤼포 교관의 말에 학생들은 미련 없이 발길을 돌렸다. 그만큼 볼 게 전혀 없는 유적이었기 때문이다.

하지만 가온에게는 달랐다.

―안쪽에 기계 거인의 팔다리와 몸통들이 널려 있는 구간이 있어.

카오스가 말하는 기계 거인이라면 타이탄이 틀림없었다.

'구간?'

―응. 매몰된 구간이 대략 2킬로미터에 달하는데 세 부분으로 나뉘어 있어. 하나는 다양한 두께의 강판을 포함한 금속재들이 쌓여 있고 다른 하나는 전선과 비슷한데 속이 비어 있는 가는 관들을 포함한 것들이, 나머지 하나는 기계 거인들이 있어.

'상태는?'

―대부분 흙 속에 파묻혀 있어서 그런지 공기가 거의 통하지 않아서 녹이 심하게 슬거나 삭은 부분은 없는 것 같아.

'그것들만 있어?'

―아니. 다양한 도구는 물론이고 인체 각 부분을 그린 그림책도 몇 권 있었어.

'어떤 도구야? 이미지로 전해 줘.'

가온은 카오스가 전해 준 이미지를 통해서 이곳에 고대에 타이탄을 제작 혹은 수리하던 시설임을 확신했다.

'파손되지 않은 타이탄, 아니 기계 거인은 없어?'

―있어. 더 깊숙한 안쪽에 굉장히 견고한 벽으로 둘러싸인 공간에 네 개가 있어.

앗싸아! 진짜 대박이다!

'네 아공간에 수납할 수 있겠어?'

―아니, 벽과 그 안에 있는 물건들은 확인할 수 있는데 들

어갈 수가 없어.

카오스가 들어갈 수 없다니 뭔가 금제가 있는 모양이다.

'그곳은 나중에 내가 직접 확인할 테니까 다른 것들을 좀 챙겨 줘.'

이건 카오스와 같은 능력을 가지고 있는 존재가 없다면 절대로 얻을 수 없는 기회다. 아마 그래서 유물들이 지금까지 온전하게 남아 있었을 것이다.

-그 정도라면 문제없지.

가온은 당장이라도 타이탄으로 추정되는 기계 인간들이 있다는 비밀 장소를 탐험하고 싶었지만 그럴 수는 없었다.

학생들이 다음으로 향한 곳은 걸어서 20분 거리에 있는 또 다른 고대 유적지였다.

"이곳은 일명 거인족의 운동장이라고 불리는 곳이다."

크뤼포 교관의 말은 들은 가온은 고개를 끄덕였다.

건축 재료는 거대한 돌로 세월의 흐름을 이기지 못하고 무너진 곳이 곳곳에 보였지만 형태는 지구의 콜로세움과 비슷한 건축물로 내부 공간의 크기는 한쪽 길이만 무려 300여 미터에 달했다.

차이라면 객석 부분이 거의 없고 지휘 혹은 통제를 하는 곳으로 보이는 정사각형의 높은 석조 대가 한쪽에 있었고 벽은 멀쩡한 부분의 높이가 대략 30미터나 되어서 외부에서 관찰할 수 없도록 되어 있었다.

"진짜 거인족이 운동이나 훈련을 하던 장소인가요?"

한 학생이 묻자 크뤼포는 쓴웃음을 지으며 고개를 흔들었다.

"그건 알 수 없지. 형태나 크기 그리고 주위 유적으로 보아 그 밖의 용도는 생각할 수 없어 그렇게 이름 붙인 것뿐이다."

터와 건물의 잔해만 남아 있을 뿐 거인족과 관련된 유물은 전혀 발견이 안 된 모양인데 가온은 크뤼포와 생각이 달랐다.

'분명히 타이탄의 발자국들이야!'

말도 안 되는 거대한 크기이고 희미해서 그렇지 인간종이 아닌 다른 존재의 발자국이 바닥 곳곳에 찍혀 있었다.

'일반적인 신발이 아니라 부츠 종류의 발자국이 맞아!'

그건 가온이 이미 첫 유적지에서 타이탄이 존재하는 것을 확인했기에 알 수 있는 것이다.

다음으로 향한 곳은 거대한 호숫가의 무너진 건물터였다.

"이곳은 거인족과 관련이 없는 것으로 추정되는 유적으로 고대에 제철 및 제련소로 사용되던 건물터다. 마법 학자들이 이곳에서 초대형 용광로의 잔해와 함께 다양한 금속 파편을 발견했지."

심안까지 사용해서 확인해 보니 건물의 크기가 어마어마 했다. 건물이 몇 동이나 되었는지는 알 수 없지만 터의 크기 는 30제곱킬로미터에 달할 정도였다.

"전설과 일부 기록에 따르면 3천 년에 걸쳐 꽃을 피웠다가 대략 2천 년 전에 멸망한 고대 문명은 마나를 활용하는 기술 이 개발되지 않았다고 한다. 그래서 지금보다 훨씬 더 정교 한 기계 장치들이 사용되었다. 그래서 금속의 수요는 물론 이고 금속을 다루는 기술의 수준이 지금과 비교할 수 없을 정도로 높았다고 하지. 물론 기계식 무기들도 많이 발달했 고 자칫하면 폭발하기 일쑤였던 화약 무기까지 많이 사용되 었다고 한다. 전설에 따르면 그들의 문명 수준은 놀라워서 인공 영혼이 깃든 기계 인간까지 만들 정도였는데 아이러니 하게도 그들이 만든 기계 인간에 의해 멸망되었다는 주장도 있다."

가온은 크뤼포의 설명을 듣고 이 세계의 고대 문명이 지구 의 현대 문명과 비슷하지 않을까 하는 생각을 했다.

'만약 지구에 이곳처럼 대형 마수와 몬스터가 나타난다면 지구의 지도자들은 어떻게 대응할까?'

핵무기야 함부로 쓸 수 없을 테니 미사일 등 포탄을 이용 한 포격이 주가 되겠지만 그것들이 통하지 않는다면 지구의 자원을 끌어모아서 전투 로봇을 만들어 내지 않았을까 하는 생각이 들었다. 그만큼 로봇과 관련한 기술이 많이 개발되었기 때문이다.

'타이탄도 그렇게 해서 탄생하지 않았을까?'

물론 가정에 불과하지만 마법을 사용하지 못하는 대신 과학 문명이 극도로 발달했다면 그런 시도를 하지 않았을까 싶었다.

다만 마법 부분은 지구 문명에 없기 때문에 비교할 수는 없었다.

그때 칼테인이 질문을 했다.

"근처에 있는 거인의 대장간이나 거인의 운동장과 같은 유적과 이곳은 정말 관계가 없는 겁니까? 제 생각에는 기록이 별로 남아 있지 않은 고대 문명보다는 탈베르라고 불리는 거인과 관계가 있는 것 같은데요."

"그런 주장을 하는 이들이 꽤 많지. 하지만 탈베르인은 거인이지만 지능은 많이 떨어졌다는 것이 정설이다. 철을 다루는 기술도 보유하고 있었지만 이상하게 대규모로 무리를 이루지 않았다는 것도 정설이고. 그래서 그들의 유적이 가까이 있음에도 불구하고 이렇게 거대한 규모의 제련소나 제철소는 그들과 관계가 없다고 결론이 내려졌다."

크뤼포가 거기까지 설명하자 칼테인은 비로소 납득한 얼굴이 되었다.

일행이 막 그곳을 떠나 또 다른 유적을 향해 출발한 지 5분 정도 지났을 때 가온의 어깨 위에 앉아서 두 다리를 흔들던 카오스가 갑자기 땅속으로 스며들었다.

'카오스, 뭐가 있어?'

—잠깐만!

그렇게 사라진 카오스가 잠시 후 흥분해서 의념을 보내왔다.

—정련된 금속 괴들이야!

'금속 괴라고?'

—응. 지하 100미터 지점에 있는 거대한 공간이 있거든. 재질은 알 수 없는 금속 벽으로 둘러싸인 공간인데 황금부터 시작해서 은, 철, 구리, 보크사이트, 주석, 아연 등 서른세 종의 금속들이 괴 형태로 잔뜩 쌓여 있어. 무게만 따지면 대략 300만 톤 정도는 될 것 같아.

'300만 톤이라고?'

얼마나 많은 양인지 짐작이 가지 않는다. 그것도 이미 제련이나 정련이 된 상태라면 말이다.

카오스에게 당장 챙기라고 말한 가온은 문득 이 근처에 있다는 고대 유적지들이 타이탄의 생산과 관련된 거대한 단지가 아닐까 하는 생각이 들었다.

'이곳을 타이탄을 위한 거대한 보급 창고라고 생각하면 연구소도 있을 것 같은데.'

가온의 생각이 맞았다.

크뤼포가 일행을 데리고 간 곳은 무너진 거대한 동굴 앞이었는데 역시 사람의 손길이 닿아 있었다.

"이곳은 이른바 기계공학자라고 불리던 이들이 연구를 하던 시설로 발견 당시 가장 보존 상태가 좋았지만 내부에 있던 자료들이 두 마탑의 마법사들이 모두 쓸어 가 텅 비어 버렸고 얼마 후에 발생한 지진으로 인해서 내부가 완전히 무너져 버렸다."

"마탑이라면 우리 알펜 마탑 말고 다른 마탑도 더 발굴 작업에 참여했다는 거네요?"

"맞다. 조레일 마탑에서 지원을 나왔지."

키는 작지만 유난히 초롱초롱한 눈빛을 가진 여학생의 질문에 크뤼포 교관이 대답했다.

"조레일이라면 메가 시티지만 우리 시티와는 굉장히 멀지 않나요?"

"맞다. 말을 타고도 석 달은 족히 달려야 도착할 수 있지. 하지만 조레일 마탑의 마법사들은 비공정을 타고 왔다. 당시 우리 알펜 마탑의 마탑주가 조레일 마탑 출신이라 지원을 요청했다고 들었다."

가온은 두 사람의 대화를 듣다가 생소한 단어에 관심을 가졌다.

"데이리나 영애, 비공정이 뭡니까?"

도저히 호기심을 참을 수 없어서 자신의 바로 앞에 서 있던 데이리나에게 작게 물었다.

"비공정은 메가 시티나 거대 마탑들만이 가지고 있는데 하늘을 나는 비행선이에요."

'호오! 비행선까지 있어?'

이 세상의 고대 문명은 생각보다 훨씬 더 과학기술이 발달한 것 같았다.

"비공정은 진귀한 금속들은 물론이고 엄청난 수준의 금속공학이나 기계공학이 필요하고 고도의 마법진들도 필요해서 우리 알펜의 재력이나 기술로 만들 수 없는 대형 아이템이에요."

"대단한 물건이군요!"

가온은 순수하게 감탄했지만 그의 반응을 흘끗 쳐다본 칼테인이 입을 열었다.

"대단하긴 하지만 와이번과 같은 비행 마수들이 마음먹고 달려들면 파괴되기 때문에 꼭 필요할 때가 아니면 사용하지 않는다고 합니다."

"그래요?"

"네. 비공정의 비행 속도는 비행 마수를 능가하지 못하는데다가 마력포를 장착해 두었지만 그 정도로는 수십 마리가 동시에 공격을 하면 감당할 수 없다고 들었습니다."

"그래서 메가 시티에도 비공정은 많아야 두세 척밖에 없다고 했어요. 한번 작동하는 데 필요한 상급 마정석의 수가 엄청나서 어지간한 재력으로는 운용조차 쉽지 않다는 말도 들었고요."

칼테인과 데이리나의 말을 들으니 비공정이 이 세상에서 어떤 취급을 받고 있는지 알 것 같았다.

그것으로 1일 차의 고대 유적지 탐방이 끝났다.

학생들은 그저 고대 문명의 흔적만 봤을 뿐이지만 가온에게는 엄청난 기회의 장이었다.

숙영지로 귀환하니 어느덧 해가 지고 있었다.

예비 전사들은 여전히 막사에서 끙끙거리며 앓고 있었고 병사들은 숙영지의 바닥을 다지고 벽을 보강하는 한편 행여 비가 내릴 경우를 대비해서 배수로를 파 두기까지 했다.

오전에 회색 늑대의 기습을 경험하고 오후에는 꽤 많은 거리를 걸었던 학생들은 남녀로 나뉘어 막사에 들어가자마자 곯아떨어졌다. 귀족 가문의 자제답게 어릴 때부터 체력을 단련했지만 오늘은 심신이 지쳤기 때문이다.

가온은 비밀의 방에 들어가 보기로 하고 주위를 돌아봤다. 누군가에게는 자신의 부재를 알려야만 했기 때문이다. 물론 정령 중 하나는 이곳에 남겨두어 만약의 사태에 대비할 생각이다.

그때 마침 그에게 먼저 말을 걸어온 사람이 있었다.

"어딜 가시려고요?"

크뤼포였다. 그는 그동안 병사들이 보강한 벽과 배수로 등을 살펴보고 있는 중이었다.

"오전에 습격을 받은 것도 그렇고 마음이 놓이지 않아서 주위를 넓게 돌아보려고 합니다."

"안 그래도 불안했는데 잘됐군요. 원래 전사들이 해야 할 일인데…… 쯔쯔쯧!"

크뤼포는 마음에 들지 않는다는 얼굴로 전사들이 들어가 있는 대형 막사 쪽을 쳐다봤다.

"저녁 식사는 건량으로 해결할 테니 늦게 돌아오더라도 걱정하지 마십시오."

"알겠습니다. 어차피 학생들도 많이 지쳐서 아무래도 식사 시간도 늦을 것 같습니다. 다녀오십시오."

"여기는 걱정하지 마세요."

"혹시 무슨 일이 생기면 폭죽을 터트리겠습니다."

학생들의 상태를 확인하고 막사에서 나온 두 호위가 두 사람의 대화를 들었는지 다가오며 말했다.

"그럼 부탁합니다."

어쨌든 학생들의 안전은 자신의 책임이기에 두 호위와 크뤼포에게 묵례를 한 가온은 가볍게 바닥을 박찬 후 빠르게 숙영지를 둘러싼 돌벽을 가볍게 넘어 유적이 있는 낮은 산 쪽으로 빠르게 달려갔다.

"용병이라고 해서 걱정을 했는데 온 님이 아니었으면 큰일이 생길 뻔했군요."

이제까지 길게 얘기하는 것을 거의 들어 본 적이 없는 칼테인의 개인 호위 다얀의 말에 크뤼포가 고개를 끄덕였다.

"절대로 단순한 용병이 아니에요. 일단 인상이나 행동거지도 용병들과 달리 거칠지 않고 예의가 몸에 배어 있는 것으로 봐서 아니테라라는 곳에서도 상당히 높은 신분일 것 같아요."

마리엔의 말이 맞다. 크뤼포가 보기에도 가온은 숨길 수 없는 귀티는 물론 어릴 때부터 몸에 익은 예의가 배어 있었다.

"어쨌거나 가리엘 전사장에게 감사해야겠네요. 어지간한 용병이었으면 우린 모두 다 죽었을 거예요."

그 역시 맞는 말이다. 크뤼포나 전사장 정도라면 충분히 살 수 있지만 학생들 때문에 도망칠 수도 없는 상황이기에 가온이 없었다면 결국 죽을 수밖에 없는 전력이었다.

한편 산을 오르던 가온은 숙영지에서 보이지 않는 위치에 도달하자 카오스와 카우마를 소환했다.

─비밀의 방으로 가려는 거지?

'응. 카우마, 카오스가 알려 주는 방향으로 바닥을 녹여 버려! 넓이는 이 정도면 돼!'

땅을 파는 방법도 있지만 아래쪽으로 파고 들어가야 하기 때문에 흙이나 돌의 처리가 문제가 된다. 그래서 아예 고열로 지반을 녹여 버리려는 것이다.

카우마가 자리한 바닥에서 강렬한 열기가 방출된다 싶더니 이내 흐물거리며 흙 입자가 녹기 시작했다. 그리고 땅이 꺼지는 것처럼 구덩이가 생겨났고 계속해서 깊어졌다.

가온은 열기가 식지 않았지만 마나로 몸 주위에 막을 만들어서 열을 차단하고 벽에 단검을 꽂는 방식으로 아래쪽으로 내려가기 시작했다. 시야는 눈 주위에 마나를 퍼트리는 것만으로도 충분히 확보할 수 있었다.

처음에는 수직으로 내려가던 구멍은 이내 산 안쪽으로 방향을 틀었는데 대략 50미터 정도 이동하자 카우마와 카오스가 기다리고 있었다.

'여기야?'

가온이 둘을 쳐다보며 물었다. 그의 눈에는 입자가 큰 흙들밖에 보이는 것이 없었기 때문이다.

-응. 이 금속판이 방출하는 파장 때문에 들어갈 수가 없어.

'금속판이 있다고?'

믿을 수가 없었지만 둘이 괜한 소리를 하지는 않을 테니 마력 탐색 스킬을 발동했다.

'어? 아무것도 걸리는 것이 없는데…….'

혹시 몰라서 이번에는 심안 스킬을 발동했다.

'헙!'

분명히 육안으로는 입자가 큰 흙밖에 없었던 바닥에 은회색의 금속판이 보였다.

'어떻게 이런 금속이?'

대체 어떤 재질이기에 육안이나 마력 탐색으로는 알아볼 수 없단 말인가. 대체 어떤 문명이 이런 기이한 금속을 만들어 냈을지 궁금했다.

아틀라스

 가온은 이 공간은 물론이고 마력 탐색에도 발견할 수 없는 금속판을 만든 미지의 존재들에게 강한 흥미와 호기심을 느꼈지만 지금은 움직일 때였다.

 '안에 타이탄들이 있는 건 맞지?'

 ─눈으로 보는 것은 아니지만 굉장히 큰 기계 인간 넷이 있다는 사실은 알 수 있어.

 정령인 카오스는 그 어떤 물체든 통과할 수 있다. 정령계의 정령은 어떨지 모르겠지만 그에게 귀속된 다른 정령들도 마찬가지다.

 그게 안 되는 경우는 강력한 에너지장이 펼쳐져 있는 경우인데 들어갈 수는 없지만 내부는 볼 수 있다니 참으로 신기한 금속판이 아닐 수 없었다.

'이럼 힘으로 뚫는 수밖에.'

뭔가 이유가 있어서 봉인을 해 두었겠지만 타이탄을 눈앞에 두고는 도저히 발길을 돌릴 수가 없었다.

가온은 양손에 들고 있는 단검에 마나를 주입해서 오러 블레이드를 생성했다. 마법을 포함한 다른 해결 방안을 모색하지 않고 아예 판 자체를 잘라 버릴 생각이었다.

오러 블레이드는 강한 저항이 느껴지는 특별한 마나장은 물론이고 은회색 금속판을 무처럼 가르며 깊이 박혔다.

가온은 오러블레이드를 이용해서 자신의 몸이 들어갈 수 있는 구멍을 냈는데 금속판의 두께가 거의 1미터에 달했다.

텅!

잘린 금속판이 밑으로 떨어져 바닥에 부딪혔는지 청명한 충격음이 들렸다.

구멍이 생기자 먼저 카오스가 들어가려고 했지만 뭔가 막이 있는지 튕겨 나왔다.

－쳇!

'무슨 일이야?'

－안에도 우리랑 비슷한 존재가 있는데 못 들어오게 해!

'정령이 있다고?'

－그런데 우리처럼 자유롭게 움직일 수 있는 건 아닌 것 같아.

카오스의 의념에 흥미를 느낀 가온은 온몸에 두른 마나장을 강화한 후 아래로 훌쩍 뛰어내렸다.

'호오! 생각보다 깊네!'

그의 몸은 거의 30미터나 내려가서야 멈추었다. 점핑 앤 플라잉 스킬을 사용했기에 몸의 자세가 조금씩 바뀌기는 했지만 속도는 충분히 느렸다.

"오! 정말 타이탄이 있었어!"

바닥에 착지한 가온은 탄성을 터트렸다.

안으로 들어간 가온은 발광석을 꺼내 들었고 한쪽 무릎을 바닥에 댄 자세를 취하고 있는 네 기의 타이탄을 볼 수 있었다.

'멋있다!'

너무 커서 이것들이 정말 타이탄인지는 알 수 없었지만 서면 키가 10미터를 훌쩍 넘는 거대한 인간형 거체들의 모습은 어릴 때 즐겨 봤던 로봇보다 훨씬 더 멋있었다.

그중 가온의 시선을 사로잡은 것은 전신이 흑기사처럼 검고 두 개의 뿔이 돋아 있는 투구를 쓰고 있는 타이탄이었는데 굴곡진 몸매는 물론이고 관절이나 어깨 부위 등 접합부의 외관이 아주 자연스러워서 마치 살아 있는 기사처럼 느껴졌다.

다른 세 기의 타이탄도 그렇지만 흑기사는 단 한 번 봤던 타이탄과는 차원이 달랐다. 자신이 거대화를 한 상태에서 제대로 된 방어구를 갖춰 입으면 이럴까 하는 생각이 들 정도로 생동감이 넘쳐흘렀다.

다만 흑기사와 나머지 세 타이탄의 차이는 확실했다. 키가 15미터 남짓에 강력한 힘이 느껴지는 건장한 체격의 흑기사와 달리 다른 세 기는 12미터 정도였고 동체가 왠지 여성을 떠올리게 만들 정도로 몸매의 굴곡이 뚜렷했다.

'한 기는 입실론급이고 세 기는 델타급인가?'

세 기의 타이탄은 흰색, 분홍색, 연노랑색이 기본 바탕이 되고 포인트가 되는 부분의 경우 밝은 계통의 색으로 칠해져 있었고 투구를 포함한 얼굴 부위가 미형(美形)이었다.

그때 사방의 벽이 은회색 빛을 방출하는가 싶더니 처음 보는 복잡한 문양이 나타났고 잠시 후 감겨 있던 흑기사의 눈이 떠지며 시퍼런 안광을 토해 냈다.

'타이탄이 깨어나려는 건가?'

흑기사의 눈이 가온에게 향하는가 싶더니 이내 생소한 의념이 머릿속으로 전해졌다.

—그대는 계약자인가? 아니면 침입자인가?

무슨 말을 하는지 알 수 없었지만 의념의 내용으로 보아서 이 타이탄이 인공지능에 준하는 자아를 가진 것은 확실하다.

'어떤 차이지?'

—계약 예정자라면 징표를 보여 주고 침입자라면 각오해야 할 것이다.

계약 예정자라는 단어로 보아 아직 계약 전이라는 사실은 충분히 알 수 있었다.

'징표라면 어떤 것을 말하는 것이지?'

－이상하군. 이곳까지 들어왔으면서 그 사실을 모른단 말인가?

가온은 그 질문에 자신이 차마 무단으로 침입했다는 대답은 할 수가 없었다.

'네가 누구를 기다리고 있었는지 모르겠지만 이곳은 2천 년 이상 봉인이 되었다.'

분명히 타이탄을 사용하던 고대 문명이 멸망한 지 2천 년이 지났다고 들었다.

－……2천 년이 넘게 흘렀다고?

그러고 보니 이곳은 참으로 이상했다. 그렇게 오랜 시간이 흘렀음에도 불구하고 타이탄들은 신품처럼 보였고 실내에는 먼지조차 보이지 않았다.

'그래. 언제인지는 모르겠지만 지진이 발생해서 이곳을 포함한 모든 공간이 땅에 깊이 묻혀 버렸지.'

－잠깐만!

흑기사는 마치 사색을 하듯 지그시 눈을 감고 잠시 집중을 하더니 얼마 후 고개를 끄덕였다.

－그렇군. 그동안은 테롬으로 만든 막 때문에 바깥 상황을 전혀 파악하지 못했는데 제조창이 완전히 매몰되었어.

아무래도 테롬이라는 모종의 금속 혹은 에너지로 이 공간 자체가 봉인되어 있었던 모양인데 무너진 곳이 타이탄 제조창인 것은 확실했다.

　-그럼 그대는 계약 예정자가 아닌 거군.

　방금 전까지만 해도 침입자라면 뭔가 조치를 취할 것 같았던 타이탄은 상황을 이해했는지 의념의 파장이 안정된 상태였다.

　'맞아. 그런데 너는 타이탄이 맞나?'

　-인간은 우리와 같은 존재를 타이탄이라고 부른다고 들었다. 정확하게는 CVT-001호다, 텔름 제국의 황제와 계약하기로 한.

　그래서 계약 예정자라는 말을 언급한 모양이다. 즉, 주인이 정해져 있었다는 것이다.

　'그럼 옆에 있는 타이탄들도 너처럼 계약을 기다리던 거였나?'

　-맞다. 우리 넷은 텔름 제국의 황제와 황비들을 위해 준비된 타이탄이다.

　아! 그래서 타이탄 세 기가 여성체로 보인 것이다.

　'계약을 하지 못하면 당신들은 어떻게 되지?'

　-…….

　모르겠어서 그런 것인지 아니면 그 정도까지 사고할 인공지능이 탑재된 것은 아닌지 대답을 하지 못했다.

'딱히 행동의 제약이 없다면 나와 계약을 하면 어떨까?'

―그대와?

'그래. 자격이 따로 있나?'

―그건 아닌데…… 예정된 계약자가 아니라면 내가 계약 여부를 판단하겠다!

설득할 수 있을지 걱정을 했지만 이렇게 나오니 오히려 더 놀랐다. 미리 주입되었을 결정을 벗어난 선택을 하다니 생각보다 더 뛰어난 인공지능을 가진 모양이다.

'그런데 넌 인공지능을 가진 존재인가?'

고대 문명이 기계 인간들에 의해 멸망했다는 얘기를 들었지만 카오스는 자신과 비슷한 존재라고 했기에 정체가 궁금했다.

인공지능까지 만들 정도로 발달한 문명이라면 이 타이탄의 성능도 충분히 짐작할 수 있었기 때문이다.

가온은 흑기사가 틀림없이 인공지능을 가진 로봇이라고 생각했지만 답은 전혀 달랐다.

―우리는 인공지능 따위가 아니라 금속 정령이다. 인간과 계약을 통해서 스스로 이 몸에 봉인된.

'금속 정령이라…….'

다른 이들이 들었다면 이해할 수 없었겠지만 정령사인 가온은 충분히 있을 수 있는 일이라고 생각했다. 자신의 정령들만 해도 속성을 가지고 있으며 뛰어난 지능까지 가지고 있었기 때문이다.

'그런데 다른 타이탄의 정령들은 안 깨어나는 건가?'

흑기사와 달리 여성체인 세 타이탄은 아무런 변화가 없었다.

-정령력이 거의 사라져서 소멸 직전인 것 같다.

'그럼 너는?'

-나는 원래 초월적인 존재였다.

이 마당에서도 자부심이 느껴지는 대답이었지만 이어지는 의념에 담긴 감정은 처연했다.

-그렇지만 지금은 소멸을 걱정해야 할 정도로 많이 약해졌다. 몸 곳곳에 박혀 있는 정령석들도 모두 방전이 된 상태이고.

'내가 정령력을 건네줄까?'

금속 속성을 가진 정령석은 없지만 가온은 거의 모든 속성의 정령력을 가지고 있었다.

-정령사였나? 하지만 내가 필요한 건 일반 속성이 아니라 금속 속성이다. 금속 속성을 가진 정령사는 인간종에는 극히 드물다고 들었다.

'그 당시나 지금이나 네가 말한 드문 존재가 나다. 그런데 정령력이 차면 넌 어떻게 움직일 생각이지? 거기에서 나와서 정령계로 돌아가는 건가?'

-그건…….

또다시 답이 없다. 이런 경우를 상정해 두지 않았던 것인 지 아니면 다른 문제가 있는 것 같았다.

잠시 후 흑기사가 의념을 보냈다.

―우린 갈 데가 없다. 이미 이 몸과 일체화가 되어 있어서 나가고 싶어도 나가지 못한다. 정령계에도 우리와 같은 금속 정령이 있는지는 알 수 없지만 나와 세 정령은 그곳 출신이 아니다. 지하의 거대한 오르할콘 더미에서 인공적으로 태어 났고 인간들의 도움을 받아 성장을 했다.

오르할콘이 어떤 금속인지는 모르겠지만 금속 정령들이 거기에서 태어났다니 신기해서 나중에 꼭 알아봐야겠다는 생각이 들었다.

'인간의 도움을 받아서 성장했다고?'

―그렇다. 인간 정령사들이 우리에게 다양한 금속의 정(精) 을 제공했고 끊임없는 의사소통과 교육을 통해 우리를 성장 시켰다.

마법이 존재하지 않았던 시대에도 정령을 다루는 지식은 있었던 모양인데 카오스와 같은 정령들과 계약을 할 때를 고 려하면 이 흑기사에 깃들어 있는 정령의 지능 수준이 굉장히 높았다.

'그 인간 정령사들이 너희로 하여금 이 타이탄에 봉인되도 록 한 것인가?'

―그렇다. 그들은 우리가 세상을 구경하려면 반드시 이 마

장기(魔裝機)에 봉인되어야만 한다고 했다. 우리와 동화한 이 마장기는 라이더가 없는 상태에서도 전투를 할 수 있으며 손상을 입어도 자동으로 수복되는 등 아주 다양한 기능을 가지고 있다.

제국의 황제와 황비들을 위해 만들었다면 그 기능이야 대단할 것이 당연했지만 가온은 왠지 흑기사가 측은했다.

흑기사가 말한 인간 정령사들은 애초부터 이들을 타이탄에 봉인시키기 위해서 탄생부터 교육까지 아주 오랫동안 작업을 한 모양인데, 정령사인 가온은 금속 정령이 더 신경이 쓰였다. 사실 정령 입장에서 생각하면 그런 과정은 무척 안타깝고 불행한 일이다.

'교육을 받았다고 했는데 어떤 내용이지?'

─우리는 이 마장기에 봉인되어 다양한 적을 상대하는 방법을 배웠다. 라이더를 보조할 수도 있고 자율적으로 전투를 할 수도 있다. 우리의 존재 의의는 계약자가 원하는 전투를 치르는 것과 계약자의 안전이다.

아주 세뇌를 당한 모양이다. 하긴 태어날 때부터 특정한 목적을 가진 인간 정령사들에게 의해 성장했으니 어쩌면 당연한 일이다. 어쩌면 탄생 자체도 의도했을지도 모르고.

아무튼 가온은 네 타이탄에 정령이 깃들어 있다는 사실이 마음에 들었다. 벼리도 인공지능이기는 하지만 인공지능은 왠지 꺼림칙했기 때문이다. 물론 기계 인간 역시 마찬가지로 마음에 들지 않았다.

'어쨌거나 상황이 이렇게 되었는데 이런 상황에 대처하는 매뉴얼 같은 건 없나?'

―……없다.

참으로 안타까운 일이다.

'다시 말하지. 나와 계약하자!'

―그대와 말인가?

'그래! 너희들도 세상으로 나가고 싶지 않나?'

어릴 때 로봇 만화 영화에 심취한 경험이 있는 지구인이라면 그와 거의 비슷한 타이탄 라이더가 되고 싶다는 로망이 있을 테고 가온 역시 마찬가지다.

―그대는 강해서 나와 같은 존재가 필요하지 않을 텐데…….

어떻게 알아봤는지 모르겠지만 흑기사는 가온의 실력을 짐작하고 있었다.

그래도 가온은 흑기사의 대답에 계약을 하려는 의사가 있다는 사실을 감지하고 더 강하게 설득했다.

'네가 나와 함께한다면 더욱 강해지겠지.'

이 정도의 지능을 가지고 있다면 굳이 탑승하지 않아도 된다. 키가 15미터에 이르는 거체의 타이탄과 함께한다면 차원 의뢰를 보다 쉽고 빠르게 해치울 수 있을 것 같아서 가온은 꼭 계약을 하고 싶었다.

―우리는 제국 황제와 황비들을 위해 준비되었기 때문에

한번 움직이는 데 엄청난 마나석과 정령석이 필요하다는 건 알고 있나?

'얼마나 필요한데?'

-한 번 기동하는 데 상급 마정석 30개와 정령석 하나가 있어야 한다.

'그 정도는 당연히 가능하다.'

정령석이야 충전이 되는 데 워낙 오랜 시간이 걸리니 추가로 구입해야 하지만 상급 마정석은 아니테라를 이용하면 충전 시간도 빠르고 자신이 보유하고 있는 양이 워낙 많아서 문제가 될 것이 없었다.

다만 이건 가온의 기준이고 상급 마정석 가격이 1천 골드가 넘는 이 세상의 물가를 생각하면 사실 굉장히 높은 비용이기는 했다.

-좋다! 우리 쪽에서 부탁하지. 세상이 이렇게 변했고 우리는 이 마장기에서 벗어나지 못하니 챙겨 줄 존재가 필요하다.

어떻게 생각하면 네 기의 타이탄과 동화되어 있는 네 정령의 처지가 참으로 안됐다.

'잘 생각했다! 계약은 어떻게 하면 되지?'

-피 몇 방울을 내 뿔 사이에 있는 작은 마법진에 떨어뜨리면 된다.

가온은 곧바로 바닥을 박차고 도약한 후 흑기사의 몸을 두어 번 걷어차며 위로 올라갔다. 그리고 멋진 두 뿔 사이에 손가락을 찔러 나오는 핏방울을 떨어뜨렸다.

지이이잉!

피가 마법진 안으로 스며든 직후 흑기사의 동체가 미세하게 진동하더니 강렬한 파동을 방출되더니 가온의 뇌파와 연결되기 시작했다.

'이런 방식이구나!'

정령들과 계약을 할 때와 비슷했다. 자신의 영혼이 방출하는 파동과 흑기사가 방출하는 파동이 서로 얽히더니 이내 하나로 연결되었다.

-주인님, 제게 이름을 지어 주십시오.

이름을 지어 달라는 의미는 가온에게 귀속이 되는 필수적인 과정이다. 가온은 흑기사가 입에 쩍쩍 붙었지만 별칭이라면 모르지만 이름을 그렇게 붙일 수는 없어 잠시 고민했다.

'아틀라스라고 부르지. 어깨에 하늘을 메고 있는 거인이라는 뜻이야.'

-마음에 듭니다! 이제부터 아틀라스는 주인님을 위해 존재하겠습니다!

새롭게 존재 의의를 찾아서 그런지 아틀라스의 의념은 활력이 넘치는 것 같았다.

'네가 정령력을 어떻게 전해 주면 되지?'

-소통의 마법진에 손을 대고 전해 주면 될 것 같습니다.

가온은 조금 전에 핏방울을 떨어뜨렸던 마법진에 손을 대고 음양기를 금속 속성의 정령력으로 변환해서 방출했다.

슈우우욱!

가뭄으로 메마른 땅이 물을 탐하듯 엄청난 기세로 빠져나가는 정령력에 잠시 당황했지만 가온은 끊임없이 정령력을 방출했다.

아틀라스는 거의 5천이나 되는 정령력을 흡수했다.

-이제 됐습니다! 주인님이 아낌없이 정령력을 주신 덕분에 본질도 진화해서 이젠 날개도 사용할 수 있을 것 같습니다.

'날개?'

-네. 원래 비행이 가능하도록 설계가 되었지만 제 수준이 낮아서 불가능했는데 주인님이 순수한 정령력을 전해 주시는 덕분에 가능해졌습니다.

별다른 노력 없이 타이탄을 소유하게 된 가온에게는 겹경사라고 할 수 있었다. 그가 어릴 때 본 만화 영화에서 나오는 로봇처럼 하늘을 날아다니는 타이탄이 활약하는 모습을 볼 수 있게 되었으니 말이다.

그 후 아틀라스가 알려 주는 대로 마정석과 정령석을 교체한 가온은 마지막 질문을 했다.

'아틀라스, 너희들은 평소에 어떻게 지내지? 아니, 그러니

까 너희들이 머무는 공간이 따로 있냐고?'

생각해 보니 이렇게 거대한 타이탄은 데리고 다닐 수도 없었다.

-전용 아공간이 있습니다. 저것입니다.

아틀라스가 가리킨 곳에는 작은 탁자가 있었는데 그 위에는 황금에 테두리를 미스릴로 마감한 손바닥 크기의 카드 네 장이 놓여 있었다.

수납 방법도 아주 간단했다. 카드에 새겨진 마법진에 핏방울을 떨어뜨린 후 의념으로 명령을 하면 아틀라스가 카드와 연결된 전용 아공간으로 들어가거나 나오는 방식이다.

'아틀라스, 옆에 있는 세 기는 내 동료들과 계약을 했으면 좋겠는데 가능할까?'

가온은 자신의 세 여인에게 한 기씩 줄 생각이다. 물론 아레오와 아나샤는 지금 당장이라도 계약할 수 있지만 굳이 수련을 방해하고 싶지는 않았다.

-가능합니다. 다만 저처럼 계약은 본인 마음입니다.

그 정도는 당연히 감안하고 있었다.

그런데 생각해 보니 아레오나 아나샤는 전사가 아니어서 세 타이탄이 계약을 하려고 할지 걱정스러웠다.

'아틀라스, 혹시 마법이라는 말을 들어 본 적이 있어?'

-없습니다.

역시 생각했던 대로 타이탄을 만들 정도로 고도의 문명이었지만 마법은 존재하지 않았다.

그렇다면 지금 당장 아레오와 아나샤를 불러서 계약을 시도하는 것은 피해야만 했다.

'아무래도 지금 당장 계약하는 건 어렵고 나중에 해야 할 것 같은데 어떻게 하지? 내 아공간에 넣어 두어도 될까?'

─네. 아공간이 봉인된 카드와 함께 넣어 두면 됩니다. 저와 달리 세 타이탄은 정령력이 바닥이라 의식조차 깨어나지 못하는 상황이니 상관이 없습니다. 대신 정령력을 불어 넣어서 의사소통 정도는 할 수 있도록 해 주십시오.

'오케이!'

그건 어려운 일이 아니다.

가온은 세 여성체 타이탄의 소통 마법진에 각각 1천 정도의 정령력을 주입해 주었고 나중을 생각해서 마정석과 정령석을 교체했다.

우우우웅!

세 여성체 타이탄이 깨어나는 것 같더니 일제히 눈에서 빛이 흘러나왔다.

가온을 확인한 타이탄들이 어떤 행동을 하기도 전에 아틀라스와 감응(感應)을 하더니 부복한 자세 그대로 가온에게 고개를 숙여 감사한 마음을 전했다.

세 여성체 타이탄의 인사에 고개를 끄덕이던 가온에게 한 가지 생각이 떠올랐다.

'아틀라스, 혹시 이 여성체 타이탄들도 스스로의 의지로 기동할 수 있는 거야?'

아틀라스는 분명이 자율적으로 전투를 벌일 수 있다고 했었다.

—당연합니다. 이들도 저와 동일한 내용을 배우고 익혔습니다. 동체만 차이가 있을 뿐 전투와 호위 임무를 수행할 수 있습니다.

그렇다면 일단 세 여인에게 이 타이탄들을 배정하는 건 배제해야 할 것 같다. 분명히 전투용이라고 못을 박았으니 말이다.

'알겠어. 너희 셋은 내 아공간에 넣을 테니 그곳에서 쉬고 있고 아틀라스는 전용 아공간에서 잠시 쉬고 있어.'

—네. 오랜만에 깨어나서 저도 되새겨야 할 내용이 많습니다.

가온은 여성형 타이탄 세 기를 카드와 함께 아공간에 따로 챙긴 후 아틀라스를 카드를 사용해서 전용 아공간에 수납하는 것으로 우연하게 얻은 기연을 마무리했다.

'아니지! 이 공간까지 챙길까?'

알 수 없는 금속으로 만든 이 거대한 금고 혹은 창고가 욕심이 난 가온은 천장의 구멍을 빠져나온 후 그것까지 챙기고 나서야 위로 올라왔다.

—가온, 이 구멍은 어떻게 할까?

아직 돌아가지 않은 카오스가 카우마가 만든 굴을 보며 물었다.

'아무래도 이대로 놔두면 빗물이 들어가서 또 다른 지질 현상을 초래할 수도 있으니 메워 줄래.'

—알았어.

그렇게 타이탄과 연관된 일은 깔끔하게 마무리가 되었다.

가온이 생각하기에는 쉽게 이루어진 것 같은 일이지만 실상은 그렇지 않았다.

타이탄을 발견하는 일 자체가 불가능에 가까웠다. 지금까지 이 유적을 수없이 많은 사람들이 방문했음에도 불구하고 무너져 매몰된 타이탄 제조창의 존재조차 알아내지 못했다.

그런 상황이니 제조창 가장 깊숙한 곳에 있는 타이탄의 방은 어쩌면 영원히 아무도 찾아내지 못했을지도 몰랐다. 육안은 물론 마나를 사용하는 수단으로는 탐색하거나 접근할 수 없는 정체불명의 금속판 존재 때문이었다.

'이번 기회에 타이탄에 대해서 제대로 알아보자!'

도구나 재료들과 함께 있던 책들도 있으니 분명히 참고가 될 것이다.

투명 날개를 장착한 가온은 투명 모드로 주위를 날아다니며 정찰을 했다.

무성하게 자란 풀숲이나 작은 관목숲에서 움직이는 동물

과 마수가 보이기는 했지만 적어도 걸어서 반나절 거리 안에는 회색 늑대들처럼 위협적인 존재는 없었다. 자신이 상대한 웨어울프와 회색 늑대들은 다른 무리에 밀려서 인적이 드문 이곳까지 온 것 같았다.

내친김에 정찰을 마치고 복귀를 하니 주위는 어느새 해가 지고 모닥불을 피운 숙영지 주위를 제외하고는 짙은 어둠에 잠식되어 있었다.

"온 님!"

마치 기다리고 있기라도 한 것처럼 크뤼포 교관이 달려왔다.

"어떻습니까?"

"주로 산 쪽을 살펴봤는데 위험한 존재는 발견하지 못했습니다."

"다행입니다. 원래 이곳까지는 수시로 사람들이 오가기 때문에 안전한 곳인데……."

가온의 생각대로 이곳은 이른바 안전지대였다.

"학생들은 좀 어떻습니까?"

"괜찮습니다. 한숨 자고 일어나더니 팔팔해졌습니다."

골드비의 로열젤리까지 들어간 비약을 먹었으니 한동안 피로가 잘 쌓이지도 않을뿐더러 쉽게 풀릴 것이니 당연한 일이다.

"그나저나 유적을 막상 보더니 실망했는지 내일 인근에

있는 다른 유적 한 곳만 탐방하고 바로 시티로 귀환하겠다고 합니다. 사실 풍광이 좋은 곳을 찾아가서 일정을 모두 채우자는 의견도 나왔지만 시티 측에서도 안전하다고 자부했던 이곳에서 웨어울프들이 출현했기에 제가 강요를 좀 했습니다."

학생들에게는 반갑지 않은 내용이겠지만 가온에게는 듣던 중 반가운 소리다. 얻을 것을 다 얻은 상황이라서 남은 일정이 무의미해진 상황이 아닌가.

"전사들은 좀 어떻습니까?"

학생들이 마차를 타고 편하게 귀환하려면 전사들의 상태가 호전되어야만 했다.

"아직 꼼짝도 못 하는 상황입니다. 포션을 사용했다고 해도 제대로 거동을 하려면 사나흘은 있어야 할 것 같습니다."

그렇게 말하는 크뤼포 교관의 얼굴은 복잡했다. 겨우 학생들을 설득해서 내일 시티로 귀환하기로 결정했는데 수행할 전사들이 제대로 거동하지 못하니 학생들이 마차를 양보해야 하는 상황이 되어 버린 것이다.

일반 학생이라면 별문제가 없는데 하필 이번에 유적 탐사를 나온 학생들은 하나같이 유력 가문의 자제들이다. 당연히 땡볕에 오래 걷는 것이 익숙하지 않을뿐더러 오늘과 같은 상황이 안 생긴다는 법도 없었다.

가온은 자신을 바라보는 크뤼포의 눈길에서 전사들에게도

비약을 주었으면 하는 의사를 감지했지만 지금으로서는 그럴 마음이 전혀 없었다.

"병사들은요?"

"식사를 준비하고 있는데 다 되었을 겁니다."

"그럼 전 잠깐 전사들을 살펴보고 오겠습니다."

그렇게 말한 가온은 전사들이 있는 막사로 향했다.

막사가 가까워지자 끙끙 앓는 소리를 들을 수 있었다. 포션의 효과로 인해서 자연치유력이 극도로 활성화되면서 몸은 고열을 발산하고 그 과정에서 고통을 느낄 수밖에 없었다.

'이제 좀 정신을 차렸으려나?'

귀환과 던전 의뢰

그런 생각을 하며 내려져 있는 막사의 차양을 걷으려고 할 때 안에서 두런거리는 소리가 흘러나왔다.

"으윽! 그런데 너무한 거 아니오?"

"뭐가 말인가?"

목소리로 보아 아까 낮에 자신을 골탕 먹이려고 했던 예비 전사와 책임 전사인 케인인 것 같았다.

"그 용병 말이오. 병사들에게는 포션의 치유력을 높여 주고 고통을 줄여 주는 비약을 주고 우리는 왜 안 준단 말이오! 이건 명백한 차별대우잖소!"

"세텐, 말조심해! 그 용병 덕분에 우리가 살았어! 만약 우리가 멀쩡했다고 해도 학생들이 잘못되었다면 우린 다 죽은 목숨이라고! 고마운 줄 알라고!"

"나도 아니까 소리 좀 지르지 마쇼! 내가 어디 고맙지 않다고 했소. 하찮은 병사는 챙기면서 왜 우리는 안 챙겨 주냐는 거잖소."

"다들 세텐처럼 온 님이 우리에게만 너무한다고 생각하나?"

두 사람의 대화에 어느새 끙끙거리는 소리는 사라졌는데 케인이 그렇게 물었지만 아무도 대답을 하지 않았다.

"세텐, 비록 내가 너보다 늦게 전사의 전당에 들어왔고 나이도 어려서 그동안 예우를 해 주었지만 이번에는 한 소리 해야겠다."

"쳇! 뭐요! 말해 보시오!"

"이 건방진 새끼! 이제부터 내게 다른 전사들에게 하듯 존대를 해! 존대도 아니고 반말도 아닌 어중간한 말투 사용하지 말고!"

"……갑자기 왜 이러는 거, 겁니까?"

자신이 익히 안다고 생각했던 상대의 돌변한 태도에 세텐의 목소리가 기어들어 갔다.

"나이가 많고 전사의 전당에 일찍 들어왔기에 다들 존중을 해 주었더니 네가 뭐라도 되는 거 같지? 왜 넌 항상 부정적으로 생각하고 행동하는 거냐? 그러니까 네가 나나 다른 전사들과 실력이 비슷하면서도 전사가 되지 못하는 거야! 넌 머리가 아예 빈 거냐? 그 정도 실력자, 그것도 용병이라 세상 경험이 풍부한 강자가 네가 하려는 짓거리를 모른다고 생각하냐? 그런 사정을 뻔히 알면서도 온 님이 우리를 챙겨 주려고 할 것 같아?"

"무, 내가 무슨 짓을 했다고 그러십니까?"

세텐은 찔리는 것이 있는지 떨리는 목소리로 대꾸를 했다.

"너, 낮에 나한테 뭐라고 했어? 식사나 막사로 장난을 치겠다고 했잖아!"

"왜 나만 가지고 그러시오. 다들 듣고 웃었고 케인, 님도 받아들였으니 웃은 거 아닙니까?"

"그래! 인정해! 나도 용병에게 지휘를 받고 싶은 생각은 없었으니까. 게다가 가리엘 전사장께서 나와 우리를 믿는 것이 아니라 온 님을 믿고 부탁하는 것에 배알이 꼴렸었어. 그래서 고까운 마음에 네가 수작을 부르겠다는 말에 마음 한편으로는 그래도 되겠다 싶었지. 그래. 잘못했어. 귀한 신분이라서가 아니라 대상이 누구였건 호위 책임을 맡았다면 나처럼 어리석게 굴면 안 되는 거었어. 아무리 나이가 어려 보여도 실버 패를 가진 용병이고 전사들의 불만을 고려해서 지휘권까지 양보했다면 인성과 실력을 인정하고 임무에 대해서 협조와 조언을 구해야 했어."

그렇게 말하는 케인의 목소리에는 짙은 후회의 감정이 물씬 흘러나왔다.

"아무튼 그분 덕분에 우리의 목숨은 물론이고 자칫 우리 자신은 물론 가족들에게까지 좋지 않은 일이 벌어질 수도 있는 위기에서 벗어났어. 그럼 진심으로 고마워해야지. 그분이 가지고 계신 비약을 우리에게 주지 않았다고 감히 불만을 품어! 네가 말하는 그 비약, 개당 50골드에 팔린다더라. 그리고 그건 그분 것이니 어떻게 사용하든 그분 마음이야! 그리고 너 같으면 같잖은 놈들이 주제도 모르고 자신을 골탕 먹이려고 했는데 그렇게 귀한 약을 주고 싶은 마음이 들겠냐?"

"……."

세텐은 물론이고 다른 전사들도 앓는 소리도 내지 못하고 침묵을 지켰다.

"나는 내가 지금 느끼는 고통이 벌이라고 생각한다. 잘못한 만큼 처절하게 느끼면서 반성해야 한다고 생각해! 전사가 되지 못한 것이 실망스럽기는 하겠지만 언제부터 수련 대신 무리를 지어 누군가를 골탕을 먹이는 데 골몰하는 것 같은 세텐과 세텐에게 휘둘린 나와 너희들이 이번에는 확실하게 잘못했어. 내 말이 틀리나?"

이번에도 역시 아무런 대답이 나오지 않았다.

"우리는 온 님에게 감사해야 해. 그리고 병사에 대한 세텐의 태도도 잘못됐어. 정말 전사의 목숨은 병사의 목숨보다 귀중한 거라고 생각해? 세텐, 지금 병영에서 교관으로 유명하신 네 아버지도 병사 출신이었어. 우리 중 아버지나 형제가 병사인 경우도 꽤 많고. 네 아버지가 부상을 입었는데 전사를 챙긴다고 꼭 필요한 포션을 주지 않았다고 생각해 봐. 그런 경우가 당연하다고 받아들일래? 너는 그럴 수 있어?"

"대장님, 잘못했소! 내가 잘못했습니다! 그러니까 너무 나가지 맙시다."

그렇게 말하는 세텐의 목소리에는 짙은 후회의 감정이 실려 있었다.

"대장님, 세텐이 잘못은 했지만 그런 말을 듣고도 부화뇌동한 저희도 잘못했으니 그만 화를 푸십시오. 그리고 세텐도 처음 공동 임무를 나갔을 때 용병들에게 당한 것이 있어서 그러니 이해를 좀 해 주십시오."

"휴우! 그래. 나도 잘한 건 없으니 이 문제는 여기에서 정리를 하자. 아무튼 입조심들 하자. 온 님 정도의 강자는 마음만 먹는다면 이 숙영지 전체에서 벌어지는 모든 일을 꿰뚫고 있을 거야."

"그럼 케인 님은 그 용병, 아니 온 님이 우리가 나누는 대화를 엿들었다고 생각하는 겁니까?"

"엿듣기는 무슨. 마나를 능숙하게 사용하는 전사는 마음만 먹으면 개미가 기어가는 소리도 들을 수 있다는 거 몰라."

케인은 굳이 가온이 그들이 나눈 대화를 이미 알고 있다는 사실을 밝히지 않았다.

"내가 온 님이라도 처음부터 눈을 부라리고 건방지게 구는 세텐이나 거기에 휘둘리는 나와 다른 예비 전사들이 한심했을 거야. 무엇보다 회색 늑대의 습격을 알았을 당시 내가 저지른 실수가 너무 컸어. 나를 믿고 지휘권까지 넘겼는데 책임 전사라는 것이 정찰과 경호가 최우선이라는 사실도 망각하고 그쪽에 전혀 전사를 배치하지도 않고 둑에서 놈들이 강을 건너오는 것을 막겠다며 헛지랄을 했으니."

"확실히 저희 쪽 판단이 너무 미숙했습니다."

"병사들에게 좀 미안합니다. 적어도 두 명은 병사들을 지휘했어야 했는데……."

"내일 날이 밝으면 온 님에게 다시 감사한 마음을 전하고 사과드리겠습니다. 우리를 살려 주신 분인데 너무 무례했습니다."

가온은 병사들의 바뀐 태도에 감정이 복잡해졌다. 차라리 계속 자신에게 안 좋은 감정을 가지고 있는 편이 처신하기에 좋을 것 같았다.

"제가 책임지고 사과드리겠습니다! 저를 무시하고 골탕 먹인 용병이 온 님이 아닌데 그때 생긴 감정으로 용병은 다 그렇다고 생각하고 미련하게 굴었습니다. 케인 님 말씀대로 온 님은 제 목숨만 구해 주신 것이 아닙니다. 제가 죽었더라도 영작과 영애께 무슨 일이 생겼다면 병사대 교관인 제 아버지께도 불명예 퇴진을 해야 했을 겁니다. 진심으로 감사하고 제 잘못된 생각과 태도에 대해 사과드리겠습니다."

결연한 세텐의 목소리에는 진심이 느껴졌다.

결국 마음을 바꾼 가온은 크뤼포를 통해서 전사들에게 비약을 전달해 주었다.

'괘씸하기는 하지만 진심으로 잘못을 반성하고 있으니 받을 자격이 있지.'

단순히 그런 생각만으로 비약을 전사들에게 준 것은 아니다. 케인의 마음을 알 것 같아서였다.

게다가 자신이 지휘권을 포기하기는 했지만 가장 강하니 책임에서 벗어날 수는 없었다. 전사들이 이런 꼴로 귀환하는 것은 결국 자신에게도 좋은 일이 아니라는 생각이 들었다.

'무엇보다 이 세상에 건너와서 꼭 얻고 싶은 것까지 얻었으니 마음을 넓게 쓰자. 나도 잘한 건 없어.'

그렇게 생각하니 세텐이라는 예비 전사의 수작에 화를 낸자신이 옹졸한 것 같아서 부끄러웠다. 사실 처음 만났을 때무위만 살짝 드러냈어도 예비 전사들이 감히 그런 생각을 품지는 않았을 테니 말이다.

가온은 반성하는 마음으로 자정까지 불침번을 맡겠다고자청했다. 크뤼포와 두 호위는 물론 병사들까지 그의 의견을만류했지만 밀어붙였다.

덕분에 무척 힘겨웠던 하루를 보낸 사람들은 일찍 단잠을청할 수 있었다. 혼자 웨어울프 두 마리와 회색 늑대 200여 마리를 전멸시킨 가온이라면 안심할 수 있으니 말이다.

가온은 숙영지를 둘러싼 벽 중 가장 높은 위치인 거대한 바위 위에 앉아서 연공을 하면서 시간을 보냈다. 경계는 카오스가 맡아서 해 주니 걱정할 필요는 없었다.

그런데 10시를 조금 넘긴 시간에 전사들이 있는 막사에서 변화가 감지되었다.

'사과를 하러 오려는 건가?'

본디 칭찬을 받는 순간도 민망함을 잘 견디지 못하는 가온이라 차라리 안 왔으면 했는데 세텐이라는 전사를 포함해서 모든 전사가 찾아왔다.

"무슨 일이오?"

"살려 주셔서 정말 감사합니다!"

"감사라면 이미 했으니 됐소."

"아닙니다. 그때는 정신이 없어서 진심을 다 담지 못했습니다. 더구나 저희가 저지른 무례에도 불구하고 이렇게 귀한 비약까지 주시다니 정말 감복했습니다!"

케인부터 시작해서 전사들이 돌아가면서 그에게 진심을 담아 감사 인사를 해 왔다.

마지막은 세텐이었는데 놀랍게도 먼지가 나는 바닥에 무릎을 꿇었다.

"온 님께 용서를 구하고 싶습니다. 실은 처음 임무를 받아서 외부에 나갔을 때 용병들에게 무시를 당하고 골탕을 먹은 일이 있었습니다. 그때 일로 인해서 징계까지 받았고요. 지금 생각하면 실전에 투입된 것임에도 불구하고 제가 어리바리하게 굴어서 용병들로서는 당연히 할 수 있는 행동인데 지금까지 그것을 마음에 두고 당사자도 아닌 용병들에게 안 좋은 감정을 품고 있었습니다. 한번 그렇게 행동하고 별일이 없다 보니 재미가 들었나 봅니다. 용서해 주십시오. 앞으로는 절대로 신분이나 외양만 보고 사람을 판단하거나 행동하지 않겠습니다."

가온은 세텐의 태도나 말소리에서 느껴지는 파동을 통해서 진심으로 반성한다는 것을 확인할 수 있었다.

"나에게 용서를 빌 필요는 없습니다. 그런 사연이 있다면 선입관이 생기는 것도 무리는 아니니까요. 좋습니다. 사과를 받아들이지요."

"감사합니다! 감사합니다! 앞으로는 새로운 사람이 되어서 새롭게 살겠습니다!"

창백하게 굳은 얼굴로 사과를 한 세텐은 가온이 자신을 용서하자 비로소 긴장이 풀렸는지 잠깐 앞으로 엎어졌다가 다시 환한 얼굴로 일어났다.

"내가 준 비약들을 마셨습니까?"

"네!"

한 명도 예외 없이 대답을 하는 것을 보면 제대로 분배가 된 모양이다.

"비약은 자체의 치유력도 있지만 피로를 풀어 주고 활력을 강화해 주기 때문에 포션으로 인한 치료 효과를 배가시킬 겁니다. 제대로 된 효과를 보려면 휴식이 필수적이니 이제 가서 쉬도록 하십시오."

"정말 감사합니다!"

"온 님이 베푸신 은혜는 절대로 잊지 않겠습니다!"

전사들은 이제야 후련한 얼굴로 자신들의 막사로 돌아갔다.

가온에게는 작은 베풂이었지만 이번 일을 통해서 세텐이라는 예비 전사는 사고관 자체가 달라져서 수련 측면도 그렇지만 인간적으로 크게 성장할 수 있는 기회가 되었다.

다음 날, 일정은 예정대로 진행되었다. 1시간 거리에 있는 에번 밸리에 있는 고대 유적지 두 곳을 탐방하는 일정이었다.

고대 유적에서 타이탄 네 기를 포함해서 타이탄과 관련된 엄청난 물품을 획득했기에 자연스럽게 다른 두 곳의 유적도 기대를 했지만 실망만 했다.

고대라고는 해도 너무 오래전에 존재했던 문명이 남긴 유적지는 폐허나 다름없었다. 아직 부서지지 않은 거대한 돌기둥 몇 개를 제외하고는 멀쩡한 것이 아예 없어서 어떤 용도의 건물이었는지도 알 수 없는 곳이었다.

어제 고대 유적을 탐방하면서 유적의 실체를 확인한 교관
이나 학생들도 기대가 없는지 잠깐 돌아보고 다시 숙영지로
복귀해서 병사들이 준비한 점심 식사를 했다.

  식사가 끝난 후 일행은 바로 복귀 준비를 했다.

  어제 예상한 것과 달리 학생들은 마차를 다시 차지할 수
있었다. 비약을 복용한 덕분에 전사들이 대부분 보행에 지장
이 없을 정도로 회복되었기에 가능한 일이었다.

  그렇게 일행이 시티로 출발하기에 앞서 가온은 정찰을 핑
계로 멀리 벗어났다.

  '휴우! 좀 살겠군.'

  학생들의 선망 어린 눈길은 그렇다고 치더라도 전사와 병
사 들의 경의 가득한 눈길을 내내 받는 것은 너무 민망했기
때문이다.

  시티로 복귀하는 길에서 맞이하는 마지막 휴식.

  "온 님, 잠깐 얘기를 좀 나눌 수 있을까요?"

  크뤼포 교관이었다.

  "말씀하십시오."

  "보름 후에 아카데미에서 학생들이 3박 4일 동안 야외에서
진행하는 생존 프로그램을 실시합니다."

  "그런 게 있었군요."

  전사를 양성하는 아카데미도 아니고 시티의 유력자 자제

들이 다니는 아카데미에서 그런 프로그램을 진행한다니 가온에게는 이상하게 들렸다.

"혹시 모를 사태에 대비해서 생존력을 키우려는 목적으로 진행하는 프로그램이지만 실상 학생들에게는 소풍이나 다름없습니다. 그때가 되면 사냥 대회의 결과로 성 밖은 가장 안전해질 테니까요."

크뤼포가 쓴웃음을 지었다.

"그런데 그걸 왜 제게……?"

"그 프로그램을 안전하게 진행하려면 인력을 충원해야만 합니다."

아카데미 학생들이 대부분 시티의 유력자 자제들이기 때문에 충분한 경호 인력이 필요하다는 얘기였다.

"그동안은 시티 측에서 노련한 전사장급을 지원해 주었는데 올해는 사정이 달라졌습니다."

시티의 전사 대부분이 웨어울프와 회색 늑대 토벌에 나선 상황이다. 당연히 사냥 대회가 끝난다고 해도 고생한 전사나 전사장을 동원하기가 힘드니 새로운 인력 수급이 필요한 모양이다.

"설마 제게 그 일을 맡기려고요?"

"네, 부탁합니다. 온 님이라면 한 반 정도는 충분히 지켜 주실 수 있을 것 같습니다. 그렇다고 모든 책임을 온 님께만 맡기는 건 아닙니다. 교관과 조교 들도 있고 개인 호위들도 있으니 온 님은 이번처럼 위태로운 상황이 벌어졌을 때만 개입해 주시면 될 것 같습니다."

가온은 크뤼포의 제안이 마땅치 않았다. 차라리 사냥을 하는 것이 낫지 선민의식을 가지고 있어 용병을 무시하는 귀족 자제들의 보모 역할을 3박 4일이나 하고 싶은 생각은 없었다.

그런데 거절하려고 하는 순간 크뤼포가 혹할 대가를 내걸었다.

"대가라고 하기에는 좀 뭐하지만 저희 아카데미 총장님과의 만남을 주선하겠습니다."

"총장님요?"

"네. 알펜 마탑의 전대 탑주이시기도 한데 고대 문명과 타이탄에 대한 온 님의 궁금증을 풀어 주실 수 있을 것 같습니다."

전날 밤, 가온은 자정 무렵에 찾아와서 2시간 정도 함께 불침번을 선 크뤼포를 상대로 궁금한 것들을 물어봤는데 그 대부분이 고대 문명과 타이탄에 관한 것이었다.

크뤼포는 교관답게 아는 것이 많았지만 타이탄 라이더가 아니었기에 가온의 의문을 만족시킬 정도는 아니었다.

가온 입장에서는 아틀라스를 포함한 네 기의 타이탄을 얻었기에 자연스러운 반응이었지만 크뤼포는 가온이 고대 문명에 굉장한 관심을 가지고 있는 것으로 받아들인 모양이다.

'마탑의 전대 탑주라면 분명 차원 융합에 대해서도 아는 것이 많겠지.'

안 그래도 차원 의뢰 때문에 이 세상에 대해서 꿰뚫고 있는 현자와 같은 인물을 만나고 싶었는데 전대 마탑주와 독대를 할 수 있는 기회가 찾아온 것이다.

"계약서에 명기해 주실 수 있겠습니까?"

"일단 총장님께 여쭤보고 그렇게 하겠습니다. 이번 일에 대한 보고서를 받으면 당연히 수락하실 테지만 혹시 모르니까요."

"3시간 정도 대화할 수 있다면 받아들이겠습니다."

"3시간이나요? 아니다. 칼테인과 데이리나를 조금 들쑤시면 가능하겠네요. 시장님도 가만히 안 계실 테니. 아무튼 맡으시는 겁니다?"

"일단 맡는 것으로 하지요. 다만 그때 우리 시티와 관계된 상황 변화가 있으면 의뢰를 수행할 수 없다는 점만 참고해 주십시오."

상대가 전대 마탑 탑주라면 묻고 싶은 것이 너무 많았다. 상대가 제대로 대답해 줄 수 있을지 모르겠지만 말이다.

마차는 곧바로 내성으로 향했지만 가온은 성문 앞에서 헤어져야만 했다.

"수고하셨습니다. 온 님 덕분에 무사히 복귀할 수 있었습니다. 개인적으로 술이라도 한잔 사고 싶지만 밀린 일이 많아서 나중으로 미뤄야겠습니다."

크뤼포는 진심을 담아서 정중하게 인사를 했다.

"별말씀을. 크뤼포 교관께서도 수고하셨습니다. 아! 술자리는 미리 비워 두겠습니다."

"아카데미에 도착하자마자 용병 길드로 사람을 보낼 테지만 대금은 내일 오전에야 받으실 수 있을 겁니다. 그리고 프로그램에 대한 의뢰는 지명으로 할 테니 열흘 후에 일정을 비워 두십시오."

"그렇게 하지요."

크뤼포가 물러나자 이번에는 칼테인과 데이리나 등 학생들과 전사들 그리고 병사들이 차례로 그에게 감사한 마음을 다시 전했다.

가온은 이런 자리가 불편했지만 그래도 꾹 참고 웃는 얼굴로 버텼다. 이곳에서 자리를 잡으려면 꼭 필요한 일이었기 때문이다.

가온은 곧바로 용병 길드에 들러서 복귀 신고를 했다.

"어! 일찍 돌아오셨네요!"

"일정이 단축되었습니다."

"별일 없었죠?"

"별일이라……. 있다면 있고 없다면 없었습니다. 아무튼 잘 복귀했습니다."

미셸이라는 여직원의 물음에 그렇게 넘긴 가온은 여관으로 가려고 하다가 의뢰판을 보고 홀린 듯 그쪽으로 향했다.

새로 붙인 의뢰서 중에서 그의 시선을 끈 것이 있었다.

'B등급 던전이라고?'

던전 자체가 작아서 서식하는 마수나 몬스터가 100마리 이하인 소형 던전이기는 하지만 용병 길드에 이런 의뢰가 정식으로 게재되다니 놀랍다.

보상금이 1만 골드에 부산물의 2할을 추가로 받을 수 있다는 내용은 눈에 들어오지도 않았다. 가온을 자극한 것은 다른 이유였다.

'이 세계에서 던전을 공략해도 명예 포인트를 획득할 수 있을까?'

그것도 궁금하지만 이 세계의 던전 등급을 제대로 파악할 수 있는 좋은 기회였다. 게다가 사냥 대회에 참석하는 것은 이미 물 건너간 일이고 예정된 의뢰는 열흘 후에나 시작된다.

"그건 온 님이 처리할 수 없는 의뢰예요."

사람이 없는 오후 시간이라서 그런지 미셸이 제자리를 벗어나서 가온 옆으로 다가왔다.

"왜죠?"

"던전 공략은 등급과 관계없이 최소 10명 이상인 클랜 단위라야 가능하거든요."

"솔로 공략은 길드 차원에서 안 받아들인다는 얘깁니까?"

"그렇죠. 아무리 소형 던전이라도 혼자서 공략하는 건 무리예요. 게다가 그 던전은 흡혈박쥐가 서식하는 동굴형이라고요. 캄캄한 어둠 속에서 혼자 사람 몸집 크기의 흡혈박쥐를 사냥하는 건 불가능해요."

"만약 가능하다면요?"

"가능하더라도 시티 차원에서 허락하지 않아요."

"시티에서 허가를 해야만 공략할 수 있는 겁니까?"

"……그건 아니지만……."

한 번도 생각해 보지 못한 문제인지 미셸의 눈동자가 갈 곳을 잃고 헤매었다.

그때 2층에서 로랑의 목소리가 들려오더니 의족이 바닥에 닿는 익숙한 소리와 함께 그의 모습이 난간에 나타났다.

"정말 가능하겠나?"

"가능합니다. 아실지 모르겠지만 제 장기는 궁술입니다. 어둠 속을 꿰뚫어 볼 수 있는 스킬도 익혔습니다."

"안 다치고 던전을 제대로 공략할 수 있겠나?"

"자신 있습니다."

"좋네. 그럼 처리조를 붙여 주지. 그 던전에는 다양한 금속 광맥이 있다고 하네. 만약 공략만 하면 엄청난 돈을 벌 수 있지. 게다가 소형 던전이기는 하지만 솔로로 공략하면 골드 등급이 아니라 플래티넘 등급을 완수한 것으로 인정되니 승급에도 큰 도움이 될 걸세."

"지부장님, 아무리 온 님이 강하다고 해도 혼자 던전을 공략하는 건 너무 위험해요! 그곳의 흡혈박쥐들은 두 번에 걸친 공략대를 전멸시켰다고요! 수가 얼마나 되는지도 확인되지 않았어요!"

직원이면서도 거침없이 지부장에게 반대 의견을 개진하는 것으로 보아 미셸도 보통 성격은 아닌 것 같았다.

"방금 전에 크뤼포 교관과 통신을 했는데 온 훈이 혼자 웨어울프 두 마리와 회색 늑대 200마리를 폭발하는 화살로 사냥했다는 얘기를 들었어. 이전에도 비슷한 일이 있었지만 이번에는 다른 조력 없이 혼자 해낸 일이라고 하더군. 덕분에 시장님의 자녀들을 포함한 학생들은 물론 전사와 병사 들이 살았다고. 연신 온과 같은 실력자를 호위로 보내 줘서 고맙다고 하더라고."

"……정말요?"

미셸은 지부장의 말에도 믿을 수 없다는 얼굴로 가온을 쳐다봤다.

"틀림없어. 나도 믿어지지 않아서 몇 번이나 확인했는데 사실이라고 하더라고. 내 생각이지만 우리 지부 역사상 가장 빨리 골드로 승급하는 용병이 나올지도 몰라."

두 사람의 대화에도 가온의 얼굴에는 별다른 표정 변화가 없었다. 그저 묵묵히 의뢰서를 떼어 낼 뿐이었다.

길드 지부를 나온 가온은 곧바로 시장을 돌면서 잔뜩 구입해서는 아니테라로 향했다. 시간 흐름을 30배로 했기에 아니테라는 벌써 보름 정도가 지난 상태였다.

아레오와 아나샤가 그리운 것도 있었지만 오늘은 다른 할 일이 있었다.

잠시 집에 들른 가온은 아니테라의 원로들이 늘 모이는 공회당으로 향했다.

"어서 오세요!"

매일 모이면서도 무슨 할 얘기가 그리 많은지 수다를 떨고 있던 원로들이 가온을 반겼다.

'누가 이 사람들을 보고 한때 대전사장이었고 마도사였던 이들로 생각할까?'

모르는 사람이 보면 마치 경로당에 모인 노인들 같아도 그들은 연륜과 지혜로 아니테라를 평화와 풍요의 땅으로 만들고 있었다.

"부탁드릴 것이 있습니다."

"뭐든 말씀하세요."

에르넬이 원로들을 대표해서 말했다.

"약초밭을 조성하고 싶습니다."

본신이 수련에 들어가면서 부탁한 일이 있었는데 깜박했다.

"약초밭이라면 지금도 있는데요."

엘프들은 아니테라로 건너올 때 자신들이 재배하던 다양한 약초 종자를 가지고 왔고 이미 큰 규모로 재배하고 있었다.

"좀 더 다양한 약초를 재배해 보고 싶습니다. 다른 세상의 약초까지요."

지구에서 포션을 개발하려는 꿈을 가지고 있는 본신은 인삼이나 마카와 같은 지구의 영초를 이곳에서 재배해 보고 싶다고 했다.

지구에 비해서 마나의 농도가 짙고 식물의 성장과 관련된 능력을 지닌 엘프들이 있으니 같은 약초라도 더욱 높은 약효를 가진 상태로 키워 낼 수 있지 않을까 기대한 것이다.

"안 그래도 다이아스 원로와 호르덴 원로가 동일한 의견을 내서 온 님께 부탁을 드리려고 했어요."

"이건 아이테르 차원의 약초들입니다. 대부분 종자지만 뿌리 나누기나 줄기나 잎을 절단해서 뿌리를 내리게 한 후 심는 종류들도 있다고 하더군요. 일단 되는대로 구입을 했는데 세세한 부분은 잘 모르는데, 가능하겠습니까?"

가온은 알펜 시티의 외성 시장에서 구입한 종자와 줄기 그리고 잎들을 꺼내 놓으면서 물었다.

"호호호. 당연히 가능하지요."

엘프 원로들은 작은 잎만 있어도 해당 식물을 번식시킬 수 있다고 자신했다.

어떤 식물의 일부분이든 세계수의 수액에 담가 놓으면 뿌리를 내린다는 것이다.

"다행입니다. 그럼 약초상이 알려 준 이름과 약재로 사용하는 부분과 방법 그리고 효과 등에 대해서 설명을 하도록 하지요."

가온은 자신이 기억하는 것들을 모두 풀어 놓았고 엘프 원로들은 눈을 빛내며 그 설명을 기억했다.

사실 설명할 필요도 없었다. 엘프 중 일부는 태생적으로 약초의 잎과 뿌리 그리고 줄기를 살짝 씹기만 해도 생물에게 미치는 약효를 알 수 있는 능력이 있다고 했다.

"얼마 후 벼리가 지구라는 세상의 약초들을 가지고 올 겁니다. 그것들까지 재배해 주십시오."

그래서 벼리에게 인터넷으로 구할 수 있는 모든 약초와 종자들을 구입하도록 부탁해 두었다. 그것들을 이곳으로 가지고 오는 것은 본신이 잠깐 짬을 내면 될 것이다.

"양은 얼마나 필요하신 건가요?"

"나중에 큰 규모로 실험을 할 생각입니다. 그러니 종류당 1천 주 정도는 되어야 할 것 같네요."

"걱정하지 마세요. 1년만 기다리세요. 준비해 둘게요."

지금의 시간 흐름을 계속 유지한다면 이곳의 1년은 지구에서는 열이틀 정도에 해당하니 실험 재료로는 충분했다.

'실험은 한창 약제학과 화학을 공부하고 있는 알테어가 전담할 테니 걱정할 필요는 없어.'

비록 영혼체만 남은 리치지만 지구의 과학 문명의 산물인 약제학과 화학 그리고 실험기자재와 관련된 기계공학은 알테어의 지적 호기심을 채워 주고 있었다.

흰개미 던전

다음 날 아침, 가온은 길드에서 딸려 준 처리조와 함께 알 펜 시티에서 남서쪽으로 3시간 거리에 있는 폐광산의 한 갱 도에 있다는 던전으로 향했다.

이 세상에는 탄 차원이나 이전에 다녀왔던 차원과 다른 점 이 몇 개 있었는데 용병 길드에 소속된 부산물 처리조가 그 중 하나였다.

탄 차원의 경우 던전 공략대가 던전을 공략하고 부산물도 직접 수거하는데 아이테르 차원은 그런 일을 하는 전문적인 용병들이 있었다.

용병 활동을 하면서 얻은 몸의 장애를 가지고 있는 부산물 처리조는 크기 자체가 다른 마차 세 대와 함께 무기와 곡괭이를 지참하고 가온과 동행했다.

"정말 혼자서 괜찮겠소?"

폐광산 기슭에 있는 던전 입구에 도착하자 처리조의 조장이며 현역일 때는 실버급이었다는 호톤 노인은 걱정과 불안감을 지워 버리지 못하는 얼굴로 물었다.

"괜찮습니다. 공략을 마무리하면 신호를 보낼 테니 이곳에서 편하게 쉬면서 대기하십시오. 그리 오래 걸리지 않을 겁니다."

가온은 한쪽 끝이 게이트 안쪽으로 들어가 있는 줄을 보며 말했다. 줄의 끝에는 마정석으로 가공된 통신석이 달려 있는데 공략을 마무리하고 신호를 보내면 통신석이 진동하고 그 진동이 줄로 전해져서 게이트 밖에 있는 줄의 다른 한쪽 끝에 있는 통신석을 통해서 약속된 소리가 나게 되어 있었다.

다들 몸 한 곳이 정상이 아닌 처리조 열 명은 무심하지만 당당한 모습으로 게이트 안쪽으로 들어가는 가온을 보며 복잡한 표정을 지었다.

'로랑 지부장의 말만 듣고 따라오기는 했는데 정말 혼자 던전을 클리어할 수 있을까?'

던전을 솔로 플레이로 공략하는 이들이 없는 건 아니다. 하지만 그들은 하나같이 최상급 전사이거나 마도사라고 불리는 이들이었다.

그에 반해서 온 훈이라는 젊은 용병은 나이와 어울리지 않게 실버 패를 가졌고 지부장이 추천을 했지만 오랫동안 용병으로 수많은 경험을 한 처리조원들은 불안할 수밖에 없었다.

'객기를 부리는 거였다면 로랑 지부장이 받아들이지 않았겠지. 믿고 기다리는 수밖에.'

호톤은 알펜 시티의 정체된 용병계를 위해서라도 젊은 영웅이 탄생했으면 좋겠다는 소망과 함께 가온의 안전을 빌었다.

게이트 안은 전형적인 동굴이었다.

'일단 나이트 비전부터!'

동굴 안은 광원 하나 없는 암흑천지였지만 나이트 비전을 활성화하자 마치 적외선 카메라를 보는 것처럼 시야가 훤해졌다.

이 정도라도 사물을 보고 인식하는 것은 어렵지 않지만 방금 전까지만 해도 밝은 바깥에서 들어온 터라 왠지 불편했다.

'빛의 정령이라도 귀속해야 하나?'

그런 생각을 하고 있을 때 카오스의 의념이 전해졌다.

—광구(光球)를 말하는 거라면 내가 만들어 줄게.

'그게 가능해?'

—당연하지. 명색이 모든 속성을 다루는 나인데 빛 정도야.

어쩐지 으스대는 것 같았지만 이내 확 밝아진 주위를 보고 스킬을 해제한 가온은 진심으로 감탄했다.

'고마워. 내 곁에 네가 있어서 정말 다행이야.'

정말 재주가 많은 카오스였다. 그녀 덕분에 자잘하지만 불편함을 모르고 제대로 활동할 수 있다는 생각이 들어 새삼 고마운 마음이 들었다.

－호호호.

가온의 어깨에 앉아서 빛의 구를 동굴 천장에 띄운 카오스도 주인처럼 칭찬을 잘 견디지 못하는 성격인지 민망하면서도 소리 내어 웃었다.

그나저나 갱도치고는 굉장히 크다. 높이가 대략 10미터에 폭은 4미터에 달했던 것이다. 그리고 동굴은 반듯한 직선은 아니지만 앞쪽으로 쭉 뻗어 있었다.

특이한 것은 곳곳에 빛을 내는 크고 작은 돌들이 널려 있다는 것이다.

'갱도였다고 하더니 바닥이나 벽의 상태로 보아서는 사람의 손길이 닿지 않은 것 같은데.'

갱도였다는 것이 무색할 정도로 벽이나 천장도 울퉁불퉁해서 광맥으로 보이는 것들이 돌출되어 있었다.

조금 더 안쪽으로 진입하자 벽이며 천장 그리고 바닥까지 다양한 빛이 점점이 혹은 선을 그리며 방출되고 있었다.

'그러고 보니 이 돌멩이들은 암석 파편이 아니라 금속 광

맥에서 떨어져 나온 광석인 모양이네.'

이쪽 지식은 별로 없지만 광석들은 순도가 꽤 높은지 제각기 특유한 빛을 내뿜고 있었다.

그런데 바닥에 깔려 있는 광석 일부와 벽에 희미한 흔적이 보였다.

'피?'

검게 말라붙은 흐릿한 흔적은 핏자국인 것 같았다.

'설마 이전에 던전을 공략했던 이들이 남긴 건가?'

그럴 가능성이 높았다. 조금 더 안쪽으로 들어가니 부러져서 녹이 슨 금속 파편들이 꽤 많이 보였다. 특이한 점은 파편에 뭔가 날카로운 물체로 긁은 것 같은 흔적이 있다는 점이다.

'그런데 왜 옷이나 뼈가 안 보이는 거지?'

분명 이 던전의 주인은 흡혈박쥐라고 했다. 그러니 공략대가 전멸했다고 하더라도 무기 외에 뼈나 입었던 방어구가 남아 있어야 하는데 보이지 않았다.

가온은 백검을 꺼내 쥐었다.

그때 예민한 그의 감각에 전해지는 것이 있었다.

피피피핑!

극히 미세한 음파였다. 가청 주파수보다 한참 높은 초음파.

'흡혈박쥐구나!'

끼이아아악!

예민한 감각으로 가온의 발소리를 인지한 흡혈박쥐들이 움직이기 시작한 것이다.

'어디 면상 좀 구경하자!'

얼마나 강력한 마수이기에 공략대를 두 번이나 전멸시켰는지 궁금했다. 가온이 아는 흡혈박쥐는 은밀한 기동을 통해 자고 있는 상대의 피부에 면도날과 같이 날카로운 이빨로 상처를 내고 피를 핥아먹는 작은 박쥐에 불과했다.

"허억!"

막상 출현한 흡혈박쥐들을 본 가온은 깜짝 놀랐다.

'이 정도로 작다고!'

오감을 곤두세우지 않았다면 보지 못할 정도로 작았다. 날개를 활짝 편 크기가 신생아의 주먹 크기에 불과했으니 말이다.

'두 공략대가 카오스가 만든 것처럼 밝은 광구가 아니라 횃불을 사용했고 저놈들이 어둠이나 그늘 속에 몸을 감추고 있었다면 발견하지 못했을 수도 있겠네.'

하지만 날개를 펴고 나는 모습은 박쥐가 맞았다. 타는 것처럼 검붉은 작은 눈은 음습하고 불길한 기운을 뿜어내고 있었으며 면도날처럼 날카로운 송곳니를 가지고 있는 흡혈박쥐들은 아무런 소음도 내지 않고 날았다.

하지만 흉측한 외관은 벌린 입에서 날아오는 걸쭉한 침에 비하면 아무것도 아니었다. 진득해 보이는 침은 얼마나 속도가 빠른지 마치 못처럼 보였는데 시력이 거의 퇴화한 상태에서도 가온의 가슴을 향해서 정확하게 날아왔다.

물론 가온이기에 정확하게 날아오는 침을 인지한 것이지 보통 사람이라면 너무 미세하고 투명에 가까운 바늘과 같은 침방울을 인지하지 못했을 것이다.

당연히 그런 침을 맞아 줄 가온이 아니다. 마나를 방출해서 몸에 에너지 보호막을 만들었고 침은 막을 뚫지 못했다.

그런데 가온은 놈들이 달려들기보다는 오히려 더 뒤로 물러나는 것을 보고 묘한 얼굴이 되었다.

'기세를 방출한 것도 아닌데 한번 침 공격을 해 보고 안 통한다고 이렇게 쉽게 물러난다고?'

단지 침 공격이 통하지 않았다고 물러나는 것은 아닐 텐데 이상했다.

가온은 그 자리에 가만히 서서 미니 박쥐의 움직임을 주시하는 한편 감각의 장을 넓게 확장했다.

'아무래도 이상해!'

이 던전을 공략했다가 실종된 두 공략대의 전력에 대해서 자세히 듣지는 못했지만 적어도 익스퍼트는 몇 명 포함되었을 것이다.

마나를 제대로 다룰 수 있는 익스퍼트급 실력자라면 아무리 흡혈박쥐가 작다고 해도 인지하지 못했을 리가 없었다.

마비 성분이 들어 있는 것으로 추정되는 침 공격에 공략 대원들이 차례로 쓰러진다면 당연히 주위의 미세한 변화까지 주시했을 것이다.

가온은 어쩌면 이 던전의 진짜 주인은 흡혈박쥐가 아닐지도 모른다고 생각했다.

그때 너무 미세해서 잘못 들은 것이 아닐까 하는 생각을 할 만큼 작은 소리가 들렸다.

스스스스스.

마치 달팽이가 움직이는 것처럼 미세한 소리였다.

마력 탐색 스킬을 펼친 가온의 눈이 주위를 샅샅이 훑어보다가 어느 순간 벽을 보고 튀어나올 듯 커졌다.

'저 구멍들은 뭐지?'

마나로 안력을 강화하자 눈에 들어오는 것들은 바로 구멍이었다. 너무 작아서 보통 시력으로는 보이지 않는 구멍들이 바닥과 벽에 무수히 많이 뚫려 있었다.

가온은 박쥐의 숫자가 계속해서 늘어나는 것을 확인했지만 주의는 미세한 구멍들에 쏠려 있었다.

'기분 나쁜 소리는 구멍에서 나오고 있어!'

하지만 구멍을 빠져나오는 건 없었다. 대신 거의 눈에 들어오지 않을 정도로 투명하고 옅은 안개가 구멍을 빠져나오고 있었는데 크고 작은 다양한 광석으로 가득한 바닥에서도 올라오고 있었다.

가온은 호흡을 멈추는 동시에 녹스를 소환해서 눈으로는 보이지 않는 안개를 살펴보도록 했다.

─마비와 수면을 유도하는 물질이 농후하게 포함되어 있어.

녹스의 대답이 들려오는 순간 가온의 눈에 구멍을 빠져나오는 아주 작은 생물체가 들어왔다.

'개미? 흰개미?'

몸이 투명해 보이는 하얀 개미들이 하나둘 구멍을 빠져나오고 있었다.

'벼리야, 흰개미에 대해서 좀 알려 줘.'

─응, 오빠. 흰개미는 땅속에서 사회를 이뤄 생활하는 곤충으로 다리가 짧고 허리가 굵으며 투명한 흰색이라 개미와 구별돼. 또한 흰개미의 더듬이는 작은 구슬이 일렬로 붙어 있는 형태이고 개미는 'ㄱ' 자의 자루 모양이야. 개미는 여왕이 사회를 이끌지만, 흰개미는 여왕과 왕이 함께 사회를 통솔해. 보통 죽거나 썩은 나무를 갉아먹고 살아.

'그럼 저 흰개미는 마충인가?'

벼리의 설명대로 다리가 짧고 허리가 굵은 것은 맞는데 너무 옅어서 눈에 거의 보이지 않는 연기를 방출하는 날카로운 턱이 있는 머리 부분이 유난히 컸다.

─몸 곳곳에 마기가 뭉쳐 있기는 하지만 마정석은 아니야.

가온은 그것만으로도 흰개미가 마충임을 확신했지만 혹시

몰라서 아공간에서 죽은 직후 집어넣었던 사슴의 사체를 꺼내 앞으로 던졌다.

쿵!

진동 때문인지 잠시 후 사슴 사체에는 광석 사이와 벽의 구멍에서 나온 수많은 흰개미와 흡혈박쥐가 몰려들었다.

'하아! 이곳의 흡혈박쥐는 피를 핥아먹는 것이 아니라 빨아먹고 있네.'

가온이 알고 있는 흡혈박쥐와 달리 이곳의 흡혈박쥐는 주둥이 속에서 짧고 끝부분이 날카로운 대롱과 같은 기관을 꺼내더니 사슴의 몸에 꽂고 피를 빨아먹었다.

흰개미는 마치 죽은 나무를 갉아먹듯 사슴의 살과 뼈를 먹기 시작했는데 어느 순간 사슴 사체가 하얗게 변했고 흡혈박쥐들은 놈들이 무서운지 사방으로 날아가서 천장에 달라붙었다.

이것으로 모든 것이 명확해졌다.

이 던전의 진짜 주인은 흰개미 마충이다. 흰개미가 마비 성분과 수면 성분이 들어 있는 안개로 대상을 쓰러뜨리면 기회를 엿보던 흡혈박쥐가 먼저 흡혈을 하고 흰개미 마충이 산 채로 갉아먹는 것이다.

'이러니 무기밖에 안 남지.'

그나저나 이놈들을 어떻게 처리해야 할까?

가온은 흰개미 마충을 사냥해서 갓상점에 올리거나 메뚜

기 마충이나 뤼나웜처럼 다른 효용에 대해서 조사를 해 보려는 생각을 해 봤지만 이내 고개를 흔들었다.

'귀찮아!'

미세 마정석조차 없는 마충에게 굳이 시간과 노력을 들이고 싶지 않았다.

'아예 뇌전으로 지져 버리자!'

육안으로 보이지도 않을 정도로 작은 구멍 속으로 도망을 가 버리기라도 하면 낭패이니 그 방법이 최선인 것 같았다.

가온은 녹스와 마누까지 소환했다.

'녹스, 일단 독 안개를 흡수해 줘. 카오스, 물이 아니라 수증기를 만들어서 동굴 내부의 습도를 최대로 높여 줘. 그리고 마누는 신호를 하면 나와 함께 전격을 방출하고!'

가온의 지시대로 녹스가 먼저 독 안개를 흡수하기 시작했다.

휘이이잉.

거센 흡인력에 독 안개가 눈에 보일 정도로 짙어지면서 녹스에게 흡수가 되자 카오스가 물안개를 방출해서 현재 흰개미들이 보이는 40미터 길이의 공간의 습도를 확 올려 버렸다.

바닥과 벽은 물론 흡혈박쥐들이 매달려 있는 천장까지 물방울이 맺힐 정도로 습도가 높아지자 흰개미들의 활동력은 크게 저하되었지만 벌써 뼈를 드러내고 있는 사슴 사체를 갉아먹는 데 푹 빠져 있었다.

'마누, 지금이야!'

지지직! 지지직!

순간 시퍼런 전격이 50미터에 달하는 구간을 완전히 채워 버렸다. 뇌전은 수분을 타고 끊임없이 움직이면서 흰개미 마충은 물론 벽에 매달려 있는 흡혈박쥐까지 감전시켰으며 미세한 구멍까지 파고들었다.

'그만!'

굳이 길게 전격을 유지할 필요는 없었다. 확장된 그의 감각에 전격이 가득 채웠던 공간 내에는 더 이상 살아 있는 생물이 없다는 것을 알려 주었다.

전격이 사라진 공간은 검게 타 버린 흔적만 남았을 뿐 흡혈박쥐도, 흰개미 마충도 더 이상 보이지 않았다. 크기가 작아서 아예 다 타 버린 것이다.

이후에는 거칠 것이 없었다. 대략 50미터에 달하는 구간을 녹스, 마누, 카오스와 함께 정리하기만 하면 되는 것이다.

사냥이 아니라 단순 작업이 이어졌다. 던전의 끝까지 직선 길이는 채 1킬로미터가 되지 않았고 중간에 양쪽으로 뻗은 새끼 동굴을 고려해도 대략 육십 번만 같은 작업을 하면 되는 것이다.

바닥에 층을 이룰 정도로 깔려 있는 광석들 때문에 걷는 것이 좀 귀찮을 뿐 흰개미 마충과 흡혈박쥐를 처리하는 것은 그리 어렵지 않았다.

 그나마 위험한 침과 독 안개는 마나장과 녹스 덕분에 전혀 문제가 되지 않았다. 흰개미 마충이나 흡혈박쥐는 그저 포식 본능만 남았는지 먹잇감만 던지면 끊임없이 나타났고 전격으로 지져 버리면 끝이었다.

 그런 단순 작업이 1시간 반이나 이어졌다.

 마침내 던전의 끝부분에 도착했을 때 가온은 보스를 볼 수 있었다.

 '제법 크네. 저놈들은 과연 어떤 능력을 가지고 있을까?'

 상당히 큰 몸집을 가진 흰개미 마충 두 마리가 수를 헤아릴 수조차 없는 흰개미 마충을 거느리고 가온을 기다리고 있었다.

 흡혈박쥐는 다 죽었는지 더 이상 보이지 않았다.

 '흰개미는 개미와 달리 여왕과 왕 두 마리가 사회를 지배한다고 했지.'

 마수화가 되었기 때문인지 여왕과 왕은 크기가 가온의 팔뚝에 해당할 정도로 컸다.

 가온은 두 놈이 어떤 능력을 가졌는지 궁금했지만 굳이 확인하고 싶은 생각이 없었다. 그래서 곧바로 반복했던 작업을 시행하려고 했는데 뜻밖에도 벼리의 다급한 의념이 전해졌다.

 ─오빠, 잠깐만요!

'왜?'

―다른 놈들은 몰라도 흰개미 마충의 왕과 여왕은 생포하세요.

벼리가 이해할 수 없는 요구를 했다.

'그러니까 왜?'

―흰개미 마충의 능력이 나중에 필요할지 몰라요.

'어떤 능력?'

―이곳까지 오면서 파동으로 조사를 해 봤는데 신기하게도 금속 광맥이 고스란히 드러나 있었어요.

그랬나? 생각해 보니 동굴의 바닥이나 벽 그리고 천장에는 광맥이 고스란히 노출되어 있었고 바닥에 널려 있던 크고 작은 덩어리들도 광맥에서 떨어져 나온 파편으로 보였다.

―제 추론이 맞는다면 흰개미 마충은 금속을 제외한 암석을 갉아먹는 능력을 가진 것 같아요.

'거기에 무슨 영양소가 있다고?'

―일단 이곳은 암석은 어떤 이유에서인지는 모르겠지만 높은 농도의 마기를 함유하고 있는 것 같아요. 또한 이곳의 암석 중 퇴적암은 생물의 유해가 포함되어 있기 때문에 미세한 양이지만 영양소를 포함하고 있기는 해요.

퇴적암은 풍화 작용에 의해서 잘게 부서진 암석이 바람이나 물에 의해 이동해서 한 곳에 쌓인 사체 등 다른 물질들과 함께 퇴적물이 되고 오랜 시간에 걸쳐 굳고 다져져서 만들어진 암석이다.

그에 반해 변성암은 퇴적암이 높은 열과 압력에 의해서 성질이 변한 암석인데 이 동굴의 암석은 퇴적암이 변성암으로 변하는 과정의 초입에 해당하는 것 같았다.

그 말에 동굴의 마지막 구간을 집중적으로 살펴보자 지나온 구간과 달리 상당한 마기가 느껴졌다.

'그럼 흰개미 마충들이 암석이 함유하고 있는 미세한 영양분과 마기를 먹으면서 번식을 한 건가?'

본래라면 죽거나 썩은 나무를 갉아먹고 살아야 했던 흰개미이기 때문에 이런 동굴에서는 서식할 수 없지만 이곳에 있는 놈들은 마기를 흡수해서 미량의 영영소를 품고 있는 퇴적암을 갉아먹을 수 있도록 진화했다는 얘기였다.

'좋아!'

가온은 오랜만에 선와술을 시전해서 흰개미 마충을 모조리 메뚜기 마충이 서식하고 있는 아공간으로 집어넣었다. 흰개미 마충의 왕과 여왕이 잠깐 저항했지만 선와술의 엄청난 흡인력에는 버티지 못했다.

'그곳의 땅 아래에는 차원석들이 있으니 좀 더 진화를 해봐라.'

흰개미 마충들이 그곳에서 영역을 확보하고 제대로 적응을 할지 메뚜기 마충의 먹이가 될지는 알 수 없지만 이왕이면 어떤 암석이든 다 갉아 버릴 수 있는 방향으로 진화가 되었으면 좋겠다.

그렇게 흰개미 마충을 정리한 가온은 발을 옮길 때마다 걸릴 정도로 많은 돌이 금속 성분의 비중이 아주 높은 광석이라는 사실을 떠올리고 카우마까지 소환했다.

'카우마, 혹시 네 열기를 이용해서 금속들을 분리할 수 있니?'

카우마 본인이 용광로 역할을 하면 고열로 광석을 녹여서 불순물을 제거할 수 있지 않을까 싶어서 확인하는 것이다.

─열의 차이를 이용해서 특정 금속을 분리한다는 거죠? 해 본 적은 없지만 가능할 것 같아요.

'좋아! 일단 던전 안에 굴러다니는 광석들을 모조리 챙겨서 네 아공간에 넣은 후에 한쪽에서 하도록 해.'

딱히 광물이나 금속이 필요해서가 아니라 호기심 때문에 이렇게 시도해 보는 것이다.

─맡겨 주세요! 이 기회에 금속에 대해서 열심히 배울게요!

카우마는 빠르게 움직이면서 바닥에 널려 있는 광석들을 챙겨서 자신의 아공간에 집어넣기 시작했다. 눈대중으로도 몇십 톤은 될 것 같아서 기분이 좋았다.

'벼리는 카우마를 좀 도와주고.'

─알겠어요, 오빠. 그런데 이곳에도 희토류가 있네요.

'희토류도 있어?'

-네, 오빠. 만약 카우마가 희토류까지 작업할 수 있다면 대박일 거예요.

희토류라면 지구에서는 금보다 현저하게 더 귀한 금속이다. 극소수의 국가들만 생산하고 있어 해가 갈수록 가파르게 가격이 오르고 있어 자원 빈국인 한국 입장에서는 무엇보다 귀한 자원이었다.

'어쩌면 현실의 대한민국에도 큰 도움이 될 수 있겠어.'

부디 좋은 결과가 나왔으면 좋겠다.

흰개미 마충의 왕과 여왕이 있던 벽에서 차원석을 찾은 가온은 아니테라의 확장에 사용하려다가 일단 아공간에 집어넣었다.

아니테라는 지금도 엄청난 크기여서 미개발지가 널려 있었다.

그렇게 던전을 클리어하는 순간 기다리던 안내음이 들려왔다.

-A등급의 소형 던전을 클리어하는 업적을 세웠습니다! 보상으로 3레벨 상승합니다!

-솔로 플레이로 던전을 완벽하게 클리어하셨습니다! 10만 명예 포인트를 획득합니다!

-1일 후에 던전이 완전히 소멸합니다!

안내음은 반가웠지만 예상한 대로 보상은 무척 짰다. 용병 길드에서 판단했던 B등급이 아니라 A등급이었음에도 규모가 소형이라서 그런지 보상은 3 레벨 업과 10만 명예 포인트를 획득하는 데 그쳤기 때문이다.

'그래도 이곳 던전에서도 명예 포인트를 획득할 수 있다는 사실을 확인했으니 다행이야.'

이젠 트롤을 수십 마리 사냥해도 던전 밖이라면 아예 레벨이 올라가지 않을 정도인데 그나마 던전과 관련된 칭호의 특성 덕분에 3레벨이나 오른 것이다.

기대가 없었기에 실망도 없었다. 아니, 기대한 것보다 레벨이 3이나 올라 오히려 기분이 좋았다.

더 좋았던 것은 던전이 한 번의 공략으로 소멸되는 유형이라는 점이다. 특이하게 진화한 흰개미 마충이 던전의 보스였던 만큼 다시 생성되지 않는 유형이었다.

가온은 밖에서 기다리는 처리조에게 신호를 보내려다가 그냥 밖으로 걸어 나가기로 했다. 카오스가 천장에 띄운 광구의 빛을 반사하는 다양한 광맥을 살펴보면서 게이트까지 천천히 걸었다.

그 사이에 카우마가 바닥에 쌓인 광석들을 모조리 챙겼기 때문에 아까처럼 걸리적거리는 것도 없었다. 그렇기에 울퉁불퉁하게 튀어나왔거나 길게 뻗은 상태로 솟아 있는 광맥을 확인할 수 있었다.

주먹으로 쳐 보니 생각보다 단단하지 않아서 마나를 주입하지 않은 곡괭이질로도 쉽게 채광할 수 있을 것 같았다.

'확실히 다양한 광맥이 존재하는 곳이네.'

용병 길드에서도 부산물로 광물을 꼽을 정도로 다양한 광맥이 종횡으로 얽혀 있었는데 당연히 가장 눈에 띄는 것은 샛노란 금맥이었다. 그냥 떼어 내도 사용할 수 있을 정도로 순도가 높았다.

보통 사람이 광맥을 보면 무슨 금속인지 알기가 힘들다. 불순물이 잔뜩 섞여 있는 상태이기 때문이다.

하지만 이곳의 광맥은 달랐다. 흰개미 마충의 왕성한 활동으로 인해서 불순물이 거의 없는 상태로 노출되어 있었다.

가온이 밖으로 나오자 호톤 노인을 비롯한 처리조는 깜짝 놀랐다.

"이쪽으로 오셔서 차라도 한잔 드십시오."

호톤은 자신들이 마시려고 끓인 차를 주석 잔에 가득 따라 주었다.

"생각보다 까다로운 던전인 모양입니다."

가온이 던전에 들어간 지 채 2시간도 되지 않았기 때문에 호톤 노인은 그가 포기했거나 휴식을 위해 나온 거라고 생각한 모양이다.

"아닙니다. 던전 공략은 끝났습니다."

"네? 그, 그게 무슨?"

가온이 너무 담담한 얼굴로 말해서 그런지 호톤 노인은 못 믿는 얼굴이다.

"던전을 클리어했다고요. 이제 안에 아무것도 없으니 안심하고 들어가도 됩니다. 다만 하루 안에 소멸할 테니 안전을 위해서 최대한 작업을 서두르고 반나절 안에는 나와야 합니다."

호톤은 가온의 말에도 믿을 수가 없는지 다시 물어보려다가 그가 담담한 얼굴로 차를 마시는 것을 보고 잠시 망설이더니 이내 무기를 들고 게이트 안으로 진입했다. 그리고 얼마 후 벌겋게 달아오른 얼굴로 나왔다.

"정말 클리어하셨군요! 끝까지 가 봤는데 서서히 붕괴하는 징후만 보일 뿐 정말 아무것도 없습니다!"

가온은 그의 외침에 말없이 고개를 끄덕였다.

"다들 곡괭이 들고 날 따라 들어와! 우리가 일할 시간이다! 안에 손만 대면 툭 떨어지는 다양한 광맥들이 우리를 기다리고 있다고!"

호톤 노인의 호탕한 소리에 처리조원들이 곡괭이를 들고 차례로 던전으로 들어갔다. 심지어 시티 측의 참관인으로 동행한 고참 병사 두 명도 곡괭이를 들고 따라 들어갔다.

가온은 처리조의 뒷모습을 보다가 문득 흰개미 마충이 나왔던 미세한 구멍들이 생각났다.

'드러난 광맥 말고도 숨겨져 있는 광맥들이 엄청나겠네.'

다양한 종류의 암석층으로 이루어진 던전에서 흰개미 마충이 비교적 무르고 영양분이 함유되어 있는 퇴적암만 갉아 먹었다면 동굴의 바닥과 벽 그리고 천장 안쪽에는 다른 광맥들이 고스란히 남아 있을 것이다.

'다양한 광석을 얻을 수 있는 절호의 기회구나!'

왜 이런 사실을 안에서는 생각하지 못했는지 아쉬울 정도였다.

'아니지. 카우마라면 챙길 수도 있어. 카우마, 잠깐 나와 봐.'

-네, 주인님.

'처리조가 작업을 한 후에도 남은 광맥을 모두 챙길 수 있겠니?'

처리조는 시간이 없는 관계로 돌출이 된 광맥들만 채광할 것이다.

-일단 고열로 녹여서 제 아공간에 넣으면 될 것 같아요.

'한번 해 봐.'

만약 잘되면 다양한 종류의 광석을 엄청나게 얻을 수 있게 될 것이다. 제련이나 제철 과정은 나중 일이다.

'나중에 타이탄 제작법이라도 입수하게 되면 다양한 금속

들이 더 필요하게 될 거야.'

그러고 보니 알펜 시티는 광산이 잘 발달되어 있었다. 특히 시티의 동쪽은 광산들이 즐비했는데 특히 철광산이 많아서 알펜 시티를 관통하는 강이 빠져나가는 남동쪽에는 큰 규모의 제련소와 제철소까지 있었다.

'돈을 벌게 되면 금속 괴나 강판을 사 모아야겠다!'

알펜 시티의 시장에서 별다른 물품을 발견하지 못했던 가온의 마음속에 불길처럼 강한 쇼핑 욕구가 치밀어올랐다.

타이탄 생산

"하하하! 이 친구, 정말 대단하군! 어떻게 솔로 플레이로 그 던전을 2시간도 안 되어 공략해 버릴 수 있는 거냐고!"

가온 일행이 수송용 마차들을 광석으로 꽉 채우고 용병 길드로 귀환하자 늦은 시간임에도 로랑이 달려 나와서 반겨 주었다. 이미 통신석을 통해서 호톤 노인에게 얘기를 다 들었기 때문이다.

"운이 좋았습니다."

"운은 무슨! 익스퍼트 네 명을 포함해서 60명을 넘게 잡아먹은 던전이네. 다 실력이지! 암! 자네 덕분에 우리 길드가 엄청난 자금을 확보할 수 있게 되었어. 기대하라고. 적어도 수십만 골드는 챙길 수 있을 테니까."

"수십만 골드요?"

"금과 은은 물론 마나석도 꽤 많았네. 순도가 높아서 제련도 엄청 쉬울 거라고 하더군."

성내에 광산이 없기 때문에 광석의 가치가 생각보다 훨씬 더 높은 데다가 환금성이 높은 금속들이 대거 나온 것이다.

"비슷한 의뢰는 없습니까?"

"너무 빨리 공략해서 아쉽나?"

"아쉬운 것은 아니고……."

아직도 다음 의뢰까지는 시간이 많이 남았다.

"그럼 심심한 거로군. B등급 던전으로도 뜨거운 피를 달래 줄 수 없다는 거겠지. 자네가 할 만한 의뢰가 몇 개 있지만 길드로 직접 들어온 던전 의뢰는 없네. 하지만 내일은 또 달라질 수 있지. 참관인들의 보고를 받으면 던전 관리국에서 던전과 관련된 지정 의뢰를 할 수도 있거든. 아무튼 오늘은 푹 쉬고 내일 일찍 들러 주게. 일단 시티 측이 건 보상금부터 지급하겠네. 그리고 부산물을 빨리 처리해서 제대로 된 보상을 전해 주겠네."

"천천히 해도 됩니다."

"하하하. 아무튼 부산물 처리는 내게 맡기고 일단 여관으로 돌아가서 좀 쉬게. 지금은 모르겠지만 자네의 몸과 정신은 휴식을 요구하고 있네. 아니지. 여관부터 옮기게. 베로나의 안식처라면 편하게 쉴 수 있을 걸세. 자네가 의뢰 완수서에 서명을 하는 동안 사람을 보내 예약을 해 두지."

이전에도 가온에게 강한 호감을 가진 로랑이었지만 혼자 던전을 공략하고 나니 과하다 싶을 정도로 호의를 베풀었다.

가온은 안 쉬어도 된다고 주장하고 싶었지만 문득 떠오르는 것이 있어서 일단 그의 말을 따르기로 했다.

'크뤼포의 의뢰를 시작하기 전까지 타이탄에 대해서 좀 더 알아보자!'

이젠 자신에게 귀속된 아틀라스는 자신이 탑승을 해도 되고 스스로 기동할 수도 있다고 했다.

그런데 가온은 스스로 기동할 수 있는 타이탄에 대해서는 듣지 못했다.

'자아를 가지고 있으니 델타이거나 입실론 등급일 가능성이 아주 높아.'

인공지능이 아니라 금속 정령이 깃들어 있기 때문에 등급에 대해서 확신할 수는 없었다.

정말 그렇다면 좋겠다. 드래곤과 마족까지 활개를 치는 위험한 세상이니 높은 등급의 타이탄은 의뢰를 해결하는 데 큰 도움이 될 것이다.

"그럼 부탁이 하나 있습니다."

"뭔가?"

가온은 타이탄에 대한 전반적인 지식을 알고 싶으니 그런 이를 소개해 달라고 부탁했다.

"흠. 몇 년 전에 은퇴한 기가스 라이더가 있기는 있는데 그러면 타이탄에 대해서도 잘 알고 있을 것이네."

"소개해 주십시오. 대가는 뭐든 치르겠습니다."

타이탄 라이더가 아니라서 좀 실망이지만 정보만 얻으면 된다.

"알겠네. 다리를 크게 다친 뒤 은퇴를 하고 그동안 모은 돈으로 사업에 뛰어들었다가 몽땅 말아먹었다고 들었으니 사정이 어려울 걸세. 10골드면 하루를 온전히 빌릴 수 있을 거야."

그렇게 얘기를 마치고 로랑이 소개해 준 베로나의 안식처라는 여관으로 향했는데 객실의 상태나 서비스에 크게 만족했다.

음식도 수준급이었고 무엇보다 호실마다 딸린 욕실에서 온수에 몸을 푹 담글 수 있는 것이 좋았다. 쌓이지 않았던 피로까지 풀리는 것 같았으니 말이다.

가온은 그렇게 느긋하게 휴식을 한 후 마음의 고향이 되어 버린 아니테라로 향했다.

다음 날 아침, 용병 길드 지부에서 로랑이 소개해 준 은퇴한 기가스 라이더를 만났다.

아침 일찍 여는 가게가 없어서 지부 한쪽에서 차를 마시면서 얘기를 나누기로 했다. 사냥 대회로 인해서 지부가 한산

했기 때문이다.

기가스 라이더였던 구케는 생각보다 성격이 좋았다. 처음 만나는 사이였음에도 불구하고 가온이 알고 싶은 내용을 상세하게 얘기해 주었다.

'아니 투 머치 토커인가?'

맞는 것 같다. 한번 질문하면 최소 10분은 혼자 떠드니 말이다. 아침을 먹은 직후에 만나서 함께 시간을 보내는 동안 가온은 내내 듣기만 했던 것 같다.

그래도 유용한 정보라서 지루하지는 않았지만 시간이 조금 지나자 중복되는 내용이 간간이 언급되기 시작했다.

그렇게 일방적인 설명을 하던 구케가 문득 뭔가 생각이 났지만 쉬운 질문은 아닌지 혀를 내밀어 마른 입술을 핥더니 조심스럽게 물었다.

"자네, 혹시 타이탄을 운용할 자격이 있나?"

구케는 오늘 일을 소개받을 때 용병 길드 지부장인 로랑으로부터 온 훈이 아니테라라는 시티의 유력 가문 자제일 것이며 모종의 임무를 받고 알펜 시티로 왔다고 알려 주었다.

가온은 잠시 고민하다가 언젠가는 아틀라스를 사용해야 한다는 사실을 떠올리며 고개를 끄덕였다.

"무, 무슨 급인가?"

"아직 배정되지 않아서 모르겠지만 알파급이 아닐까 싶습니다."

"알파급이 확실하겠군. 자네의 고향이 거대 마수와 몬스터가 들끓는 깊은 산맥 속에 있다는 점을 고려하면 기가스로는 아무래도 약하지. 하아! 내 평생의 소원이 진짜 타이탄을 타 보는 거였는데. 기가스와 달리 타이탄은 그냥 자신의 몸을 움직이는 것처럼 자연스럽게 조종할 수 있다고 하던데."

구케는 혼자 상상의 나래를 펼치며 부러움과 아쉬운 마음을 드러냈다.

"자네가 탈 타이탄이 기가스가 아니라면 얘기가 다르지. 타이탄은 기가스와 조작법 자체가 좀 다르거든."

"조작법이 다르다고요?"

"그렇다네. 기가스는 조종석에 앉아서 버튼과 스틱을 이용해서 조종을 하지만 진짜 타이탄은 전용 슈트와 동화라는 과정이 더 필요하네."

"전용 슈트가 있습니까?"

분명히 극소형 타이탄인 기가스에 타고 있던 전사는 슈트 따위는 입지 않았었다.

가온은 이제부터 자신이 진짜로 원하는 정보가 나오는 것 같아서 구케의 말에 집중했다.

"버튼과 스틱이 아니라 보다 정밀한 조종을 위해서 타이탄의 신경에 해당하는 수많은 선들이 부착된 슈트지. 그것을 입고 조종실에서 라이더가 행동하는 그대로 타이탄이 움직이는 거지."

어떤 원리인지 알 것도 같았다.

구케는 그 후로도 꽤 많은 이야기를 해 주었는데 다른 사람에게 들어서 중복되거나 필요 없는 부분도 있었지만 가온은 원하는 정보를 확실하게 얻었다.

그렇게 떠들고도 알고 싶은 것이 있으면 언제든 길드를 통해서 얘기를 하라고 말하며 전혀 지치지 않은 얼굴로 멀어지는 구케의 뒷모습을 보던 가온이 고개를 절레절레 저었다.

기가 빨린다는 게 어떤 말인지 알 것 같았다. 그래도 반나절 동안 그와 대화를 나눈 끝에 타이탄에 대해서 알고 싶은 것은 대충 다 들었다.

가온은 들었던 내용을 머릿속으로 정리하기 시작했다.

일단 타이탄의 출력은 룩스라는 단위를 사용하는데 지구에서 동력이나 일률을 측정하는 단위인 마력과 비슷한 의미다.

룩스는 주로 짐마차로 사용하는 말의 품종으로 드넓은 아이테르 차원 어디에서나 흔하게 볼 수 있었다.

그런 룩스라는 말의 성체는 환경의 영향을 별로 받지 않아서 세상 어느 곳이든 비슷한 크기를 가지고 있었다. 그래서 표준이 될 수 있었다.

1룩스는 룩스라는 품종의 말이 1분 동안 할 수 있는 일을 의미하며 단위로도 널리 통용된다고 한다.

그런 설명을 들으니 타이탄이 새삼 더 대단했다. 극소형인 기가스는 논외로 치고 알파급 타이탄만 해도 출력이 10룩스 이상이니 말이다. 즉, 1분당 할 수 있는 일이 룩스 한 마리가 10분 동안 할 수 있는 일에 해당하는 것이다.

룩스라는 말이 지구의 말보다 몸집이 반 배 정도 더 크고 힘도 세다는 점을 감안하면 출력을 능히 짐작할 수 있었다.

참고로 베타는 출력이 15룩스 이상이고 감마는 20룩스 이상이다. 델타와 입실론의 출력은 전혀 알려지지 않았지만 구케가 말하길 델타는 최소 40룩스 이상일 거라고 했다. 타이탄 라이더들 사이에서 널리 퍼진 얘기라고 했으니 전혀 근거가 없는 말은 아닐 것이다.

'그나저나 이 세계의 말은 한국에서 본 말보다 몸집이 반 배는 크니 지구의 마력보다 훨씬 높겠군.'

이 세상은 말뿐 아니라 사람이나 동물들도 하나같이 컸다. 탄 차원에서도 큰 편이었던 가온이 평균에 약간 못 미치는 정도이니 말이다.

아무튼 10룩스라는 출력은 엄청났다.

그런데 거기에 라이더의 마나까지 증폭할 수 있으니 발휘할 수 있는 힘의 크기가 엄청난 것이다.

'기동 시간이 문제지.'

어지간한 전사는 채 10분도 운용하지 못한다고 했다. 알펜 성에서 가장 뛰어난 타이탄 라이더가 세운 기록이 42분이라고 했다.

거기에 전장까지 걷거나 뛰어서 갈 수 없으니 전용 수송 마차로 옮겨야 하는데 제대로 된 길이 없는 경우, 즉 밀림과 같은 지형에서는 아예 운용이 불가능했다.

키가 3미터 남짓인 기가스나 5미터 내외인 알파급의 경우 아공간 아이템에 넣을 수도 있지만 트롤과 같은 거대 몬스터를 상대하려면 키가 7미터 이상이고 무게가 몇 톤씩 나가는 베타급 타이탄은 그럴 수도 없었다.

물론 베타급까지 넣을 수 있는 아공간 아이템이 있고 실제로 그런 경우도 있지만 메가 시티에서도 유명한 타이탄 라이더가 아니면 그럴 엄두를 내지 못한다. 그런 최상급 아공간 아이템의 가격은 상상을 초월할 정도로 비쌌다.

현재 타이탄을 생산하는 거대 마탑들이 타이탄 전용 아공간 아이템을 개발하고 있다고 하는데 언제 완성될지는 아무도 모른다고 했다.

그래도 타이탄은 기가스와 함께 성을 방어하는 데 없어서는 안 될 존재다. 대형 마수나 몬스터에는 그만한 전략 무기가 없었다.

'그러고 보니 이곳은 몇 년에 한 번씩 마수와 몬스터 들이 미쳐서 인간의 거주지를 습격한다고 했지.'

이른바 몬스터 웨이브 현상이다. 그래서 시티들은 하나같이 성벽을 높고 두껍게 축조할 수밖에 없었고 사람이나 물류의 이동이 극도로 제한되는 것이다.

아무튼 몬스터 웨이브가 발생하면 트롤이나 오우거와 같은 거대 몬스터들을 효과적으로 막을 수 있는 건 타이탄밖에 없었다. 물론 놈들을 상대할 전사나 마법사가 없는 건 아니었지만 타이탄이 거대 몬스터들을 막아 주면 그런 존재들의 활용도가 크게 높아진다고 했다.

아무튼 결론은 가온이 델타 혹은 입실론급으로 추정되는 타이탄을 얻었다는 사실이다.

'쉽게 사용하기가 어렵겠네.'

알파급 타이탄도 성벽이 무너질 정도의 위험이 아니면 모습을 드러내지 않는 상황인데 델타급이나 입실론급 타이탄이 등장하면 난리가 날 것이다.

태생적으로 타인의 과도한 관심을 즐기지 않는 가온은 아틀라스를 드러내고 사용하기 힘들 것 같다는 결론을 내렸다.

'알파급이라도 하나 구했으면 좋겠네.'

문제는 타이탄을 생산하는 소수의 마탑이 담합을 해서 매년 소량의 타이탄을 오직 시티만을 대상으로 판매한다는 사실이다.

시티 소속의 특별한 전사가 아니면 탈 기회도 없을 정도이고 당연히 개인이 소유하는 경우는 극히 드물다고 했다.

'타이탄을 구할 방도가 없을까?'

그런 생각을 하고 있을 때 벼리의 의념이 전해졌다.

-오빠!

'왜?'

-방금 의논을 해 봤는데 유적지에서 챙긴 부품으로 타이탄을 만들어 보고 싶어요.

가온은 타이탄에 대해서 벼리도 알아야 할 것 같아서 구케의 설명을 함께 듣도록 했었는데 흥미를 느낀 모양이다.

'그가 가능해?'

-재료나 부품은 물론 설계도도 있더라고요. 가장 중요한 마력 회로야 파넬과 알테어에게는 문제도 아니고. 우리 셋이 힘을 합하면 가능할 것도 같아요.

그렇게만 된다면 더 바랄 것이 없었다.

'좋아! 해 봐!'

안 그래도 적당한 타이탄이 있다면 좋겠다고 생각하던 가온이 허락하지 않을 리가 없는 제안이다.

'그런데 얼마나 걸릴까?'

원래 이런 건 물어보지 않는 것이 매너인데 너무 기대가 되었다.

-설계도에 맞추어서 조립하고 결합만 하면 되니까 그렇게 오래 걸리진 않을 것 같아. 아! 지금 시간을 30배로 가속하고 있는 아니테라에서 만들 거니까 이곳 시간으로는 얼마 걸리지 않을 거예요.

시간 가속의 장점이 이런 부분에서도 적용이 된다.

'그곳에는 적당한 작업장이 없잖아.'

ㅡ그거야 오빠가 모라이족 사람들에게 부탁을 하면 되잖아요.

사실 작업장이라는 시설을 세우는 것은 어려운 일이 아니다. 체구에 비해서 힘도 세고 손재주가 뛰어난 모라이족 장인들이라면 제대로 세울 수 있다.

'벼리야, 혹시 베타급도 만들 수 있어?'

ㅡ알파급보다 복잡할 뿐 어려울 것 같지는 않아요.

'그럼 시험 삼아서 베타급도 한번 만들어 봐.'

ㅡ재미있겠다!

'그런데 부품들이 무겁고 클 텐데 작업은 어떻게 하려고?'

ㅡ재료와 함께 있었던 중장비들을 이용해도 되지만 우리의 경우 염력을 사용해서 제작할 생각이에요. 염력으로 어려우면 의료 던전에서 얻은 로봇 팔을 사용할 수도 있고. 게다가 모둔 언니의 도움으로 이젠 아이테르에서는 인간의 육체로 현신할 수 있으니 타이탄을 제작하는 건 그렇게 어렵지 않을 거예요. 아무튼 고마워요, 오빠.

중장비와 로봇 팔이라면 무거운 물체를 정교하게 움직일 수 있으니 충분히 가능한 작업이다.

'하하하. 내가 더 고맙지.'

벼리가 마법에만 흥미가 있는 줄 알았더니 이런 쪽에도 관심이 많을 줄은 몰랐다. 아무튼 다양한 부분에서 큰 도움이 되는 동생이다.

여관으로 돌아온 가온은 바로 아니테라로 넘어갔다.

"온!"

"어서 와요! 오늘을 빨리 퇴근했네요."

마침 쉬는 시간이었는지 사랑하는 두 여인이 달려와 그를 반겨 준다. 자신에게는 채 하루도 지나지 않았지만 아레오와 아나샤에게는 보름에 가까운 시간이 흐른 상태였다.

"수련은 잘되어 가?"

"당연하죠. 이론서를 되새기면서 모둔 언니의 조언을 받으며 수련해서 그런지 연상 마법의 위력이 2할은 더 강력해졌어요!"

"저도 모둔 언니의 도움을 받아서 기존에 익히고 있던 신성 치료술과 별도로 정신 교란 효과가 있는 대단위 신성 마법을 익히고 있는데 수련을 하면 할수록 재미가 있어요."

두 사람도 모둔의 도움을 받고 있다고 하니 신기했다. 벼리 역시 모둔의 도움으로 인간의 육체를 구현할 수 있다고 했었다.

'진화는 완전히 끝난 건가?'

끝났으면 자신에게 알렸을 텐데 그렇지 않은 것을 보면 아직 시간이 더 필요한 것 같았다.

모둔이 어떻게 돕는지는 알 수 없지만 두 사람의 성취는 발전하고 있었다. 눈으로 높아지는 자신의 성취를 확인하니 가온이 아이테르 차원으로 건너가자고 제의해도 거부하는 것이다.

"그런데 오늘은 왜 이렇게 일찍 왔어요?"

"타이탄 제조 공장을 건설하려고."

"타이탄이 뭔데요?"

처음 듣는 단어에 아레오와 아나샤의 눈빛이 초롱초롱해졌다.

"그건 말이야……."

가온이 최대한 짧게 타이탄에 대해서 알려 주자 두 여인의 눈이 튀어나올 듯 커졌다.

"오래전 저희 차원에도 잊힌 고대 문명 중 하나가 만들었던 기계 인간에 대한 내용이 있긴 했었는데 그게 정말 가능한 일이었다니 정말 놀랍네요!"

아나샤는 처음 듣는 개념이라서 이해가 잘 안 가는 얼굴이었지만 아레오의 반응은 달랐다. 그녀들이 살았던 세상의 고대 문명에서도 로봇을 만들었다니 신기하기는 했다.

'하긴 지구에서도 고대에 이미 전투 로봇을 활용했다는 전설이 있으니.'

벼리를 통해서가 아니라 자신이 아주 우연히 접한 내용인데 부처님 석가모니가 사망한 후 인도의 강력한 왕이 유해에서 나온 사리를 포함한 보물들을 지하 깊숙한 방에 보관했고 보호를 위해서 기계 인간들을 배치했다는 것이다.

여담이지만 그 기계 인간, 즉 전투 로봇들은 200년 동안 부처님이 남긴 보물을 안전하게 지켰고 훗날 인도를 통일하고 불교의 세를 확장하는 데 큰 공을 세운 아쇼카 왕이 모종의 방법으로 로봇들을 무력화시키고 그 보물들을 수천 개로 나눈 후 인도 전역에 보내 이른바 사리탑을 세워 보관하게 했다고 한다.

그리고 그리스와 로마 신화에도 기계로 만든 인간이 언급되었고 인도의 신화에서도 수차례 등장한다.

그러니 단순한 전설이라고만 볼 수도 없다. 주류 과학자들은 부정하지만 지구의 선대 역사는 아직도 수수께끼의 영역에 있는 것이다.

"그런데 누가 타이탄을 만들 건가요?"

"벼리와 파넬 그리고 알테어가 만들 수 있대."

"그게 가능할까요?"

"염력을 사용할 수 있으니 가능할 거야."

벼리는 물리적인 육체를 구현할 수 있었고 파넬과 알테어도 무려 수천 년을 살아온 리치였으니 정신력이 아주 높아서 영체 상태에서도 염력을 아주 능숙하게 사용할 수 있었다. 물론 그래도 걱정은 여전했다.

'그래도 거대한 부피는 물론 엄청난 무게를 가진 타이탄의 부품들을 과연 염력으로 움직여서 제대로 조립할 수 있

을까?'

중장비도 있고 로봇팔을 제작해서 사용한다는 선택지도 있으니 일단 시도해 보라고 하고 안 되면 모라이족은 물론 자신까지 나서서 도와줄 생각이다.

가온은 알름을 만나서 작업장 이야기를 꺼냈다.

"그럼 꽤 높고 넓은 건물이어야 하는데 재료가 부족합니다."

"재료는 내가 내줄 수 있습니다."

이럴 줄 알았던 것은 아니지만 흙더미에 매몰된 유적지에서 금속은 모조리 챙겨 왔다.

이참에 확인해 보니 유적에서 얻은 것이 어마어마했다. 강철 H빔들은 물론 본래 타이탄의 동체 재료겠지만 벽과 천장에 쓸 수 있는 강판들이 그득했고 타워 크레인부터 시작해서 다양한 중장비까지 있었다.

'마나를 사용하지 않는 문명의 산물은 거기에서 거기인가 보네.'

전혀 다른 차원에서 생성된 문명임에도 불구하고 그 산물은 희한하게 지구의 기계들과 외관이나 쓰임이 별다르지 않았다.

그것들을 꼼꼼히 살펴본 알름은 처음 보는 타워 크레인이나 굴착기 그리고 항타기 등의 중장비를 몇 번 조작해 보더니 흥미가 돋는지 상기된 얼굴로 일족의 장인들을 불러 모았다.

모라이족 장인들은 굳이 항타기나 굴착기가 없어도 바닥을 원하는 대로 굴착할 수 있지만 바닥에 구멍을 뚫는 항타기와 다양한 방식으로 굴착할 수 있는 굴착기 그리고 무거운 물건을 원하는 상공으로 올릴 수 있는 타워 크레인에 큰 관심을 가지고 조작을 해 보더니 이내 작업에 들어갔다.

'하아! 타고난 장인들이군.'

모라이족 장인들은 얼마나 손재주가 뛰어난 것인지 처음 보는 중장비들을 약간의 시행착오만 거치고 능숙하게 다루었다.

곧 중장비가 가동하는 소리에 놀란 아니테라 주민들이 몰려들었다.

모라이족들이 조종하는 기계들도 신기했지만 이것들을 이용해서 지을 건물이 가온에게 꼭 필요하다는 내용을 들은 청년층들이 대거 자진해서 자재를 옮기는 등 작업에 동참했다.

그 결과 작업 속도는 엄청나게 빨라졌다.

결국 수많은 아니테라 주민들의 협력 덕분에 작업장은 사흘 만에 완성되었고 벼리와 파넬 그리고 알테어는 크게 만족했다.

'이제 너희 차례야.'

가온은 넓은 작업장 안에 유적에서 챙긴 타이탄 관련 물품들을 일부만 꺼내 놓았는데 반 정도가 가득 찰 정도로 엄청나게 많았다.

벼리는 작정을 했는지 완벽하게 물리적인 육체를 구현한 상태로 파넬과 함께 몇 장의 큰 종이를 이어붙여서 만든 설계도를 넓은 테이블 위에 펼쳐 놓고 한참 의논을 하는가 싶더니 작업을 시작했다.

'알테어는 타이탄에 별로 관심이 없어?'

가온은 한쪽에 정좌를 하고 앉아서 뭔가 숙고하는 것 같은 알테어를 보며 물었다.

─관심이 없지는 않은데 주인님이 제게 맡긴 일이 더 중하다고 생각합니다. 그래서 일단 제가 살았던 차원의 연금술 쪽의 지식과 재료 들을 정리하고 있습니다. 그리고 벼리로부터 지구의 화학, 제약 쪽의 지식을 전해 받아서 교차 검증도 하고 있고요. 그리고 설계도와 부품이 있으니 타이탄 정도는 둘만으로도 충분히 만들 수 있습니다.

알테어는 지구에서 활력 포션과 안심 포션을 개발하는 데 중추적인 역할을 해 달라는 가온의 지시를 받고 준비를 하는 것이다.

'그럼 작업실, 아니 연구실을 하나 만들어 줄까?'

─드래곤 아공간에는 연금술 재료가 충분해서 연구실이 있으면 제대로 연구할 수 있을 것 같습니다.

가온은 바로 알름에게 부탁해서 알테어가 원하는 대로 연구실을 만들도록 했다.

예지몽으로
히든랭커

아무튼 세 존재 덕분에 일이 착착 진행되는 것 같아서 새삼 아주 고마웠다.

⊰⊱

다음 날 아침, 아이테르의 여관 객실로 넘어온 가온은 달리 할 일이 없어서 용병 길드로 향했다.

"왔나?"

평소에는 바빴던 미셸은 다른 사무원과 수다를 떨고 있었고 졸고 있었던 로랑은 여느 때 아침과 달리 서류에 파묻혀 있다가 그를 반갑게 맞이했다.

"바쁘신가 봅니다?"

"사냥 대회에 참석한 용병들과의 계약 서류일세."

지구로 따지면 상해 혹은 사망보험금과 관련된 서류인 모양인데 생각보다 상황이 위험한 모양이다.

"예상했던 것보다 웨어울프와 회색 늑대들이 너무 많아. 상황이 좋지 않아서 죽는 놈들이 꽤 나올 것 같으니 미리 정리를 해 두어야지."

"다른 마수 인간들도 있다고 들었는데 언급이 없네요."

"웨어울프와 회색 늑대들이 폭증하면서 자연스럽게 사라져 버렸네."

아마 다른 곳으로 도망을 쳤거나 웨어울프 무리에 잡아먹

혔을 것이다.

"그런데 사상자가 많이 나왔습니까?"

"그렇다네. 벌써 죽은 놈만 100이 넘는다고 하네. 태반은 혈기가 왕성해서 상황을 제대로 모르고 날뛴 애송이들이지만 꽤 쓸 만하다고 판단되는 전사와 용병도 스물이 넘게 죽었다네."

이상했다. 사냥 대회에 참가하는 용병이나 전사의 숫자나 실력을 감안하면 웨어울프나 웨어울프가 거느리는 회색 늑대들이 그 정도로 위험한 것 같지는 않았다.

"트롤 때문이네."

"트롤도 나타났습니까?"

"그렇다고 하네. 필경 웨어울프와 회색 늑대들은 놈들에 의해 쫓겨서 이곳까지 도망친 걸 테지."

초원지대나 낮은 산지에나 서식하는 웨어울프와 회색 늑대들이 대거 출현했을 때부터 포식자의 존재를 의심했어야만 했다.

"골치 아프게 됐군요."

단독 혹은 가족 단위로만 살아가는 오우거와 달리 사촌을 포함하는 대가족 단위까지 무리를 이루어 오우거까지 사냥하는 트롤은 이 세상에서도 최상위 마수에 속한다.

"트롤만이 아니네. 웨이브가 아닌데도 먼 후방에서 오우거를 봤다는 목격담도 들어왔네."

트롤과 오우거라면 웨어울프와 회색 늑대들이 서식지를 버리고 도망칠 만했다. 거기에 알펜 시티 주변은 경작지와 농장이 있어서 먹이가 많은 장소였으니 어쩌면 당연한 반응이었다.

"그럼 타이탄이 출동해야겠네요?"

"놈들이 출몰하는 곳이 아직은 시티에서 꽤 멀리 떨어져 있기 때문에 타이탄을 동원하기에는 무리네."

이번에야말로 제대로 된 타이탄의 활약을 볼 수 있나 했더니 실망이다.

'타이탄은 몬스터 웨이브와 같은 대규모 방어전에서나 볼 수 있겠군.'

그때 로랑이 뭔가 생각났다는 얼굴로 입을 열었다.

"자네, 혹시 트롤을 사냥해 봤나?"

가온이 험준한 산맥 깊숙한 곳에 있다는 시티 출신임을 고려한 물음이었다.

"해 본 적이 있긴 합니다만……."

"그럼 지금이라도 사냥 대회에 참가하면 어떻겠나?"

안 그래도 심심했던 터라서 로랑의 제의를 받아들이려고 하던 가온은 다른 할 일이 있다는 사실을 떠올렸다.

'아! 도서관!'

가리엘과 연락이 되기만 하면 도서관에 출입할 수 있었다.

"별로 그러고 싶지 않네요. 아시다시피 혼자서는 위험하기도 하고요."

의뢰와 직접적인 관계가 있는 것도 아니고 돈이 아쉬운 것도 아니라서 나서기가 귀찮았다. 게다가 차원 융합에 대해서 알아보는 일이 더 급했다.

"흠. 하긴 그렇지. 아무리 자네가 상급이나 최상급 전사라도 이미 손발을 맞춘 팀원들이 없으면 트롤 사냥은 너무 위험하니까."

트롤은 혼자 사냥할 수 있는 마수가 아니다. 오러를 사용할 수 있는 실력에 사냥 경험이 많아서 노련한 사냥꾼들이 힘을 합쳐야 간신히 사냥할 수 있었다.

"은퇴하긴 했지만 노련한 사냥꾼들을 붙여 줄 테니 한번 사냥을 해 보면 어떻겠나?"

트롤들이 날뛰면 그만큼 웨어울프와 회색 늑대들도 사방으로 도망을 치면서 사냥에 나선 인간들을 공격할 것이다. 누군가 트롤들을 정리할 필요가 있다.

"최상급 전사들이나 플래티넘급 용병들은 사냥 대회에 참가하지 않았다고 들었는데 왜 저한테 부탁을 하십니까?"

"그들은 우리 길드와 시티 측과 계약이 되어 있어서 만약의 사태에 대비해야 하기 때문에 성을 나설 수 없네."

그런 제약이 있을 줄은 몰랐다. 뭐 생각해 보면 시티 입장에서는 그럴 수도 있긴 했지만 말이다.

"그렇군요. 하지만 저도 할 일이 있습니다."

도서관의 규모는 알 수 없지만 이 아이테르 차원은 오래전부터 던전이 생성되었기 때문에 차원 융합과 관련된 서책이 많은 것이다. 모두 훑어볼 생각이라서 언제 시간이 날지 알 수 없었다.

"하아! 자네와 같은 강자들이 나서 줘야 하는데 참으로 어렵군."

"정산은 언제 됩니까?"

"아! 일이 심각해서 자네가 그것 때문에 왔다는 것을 생각하지 못했군. 일단 이 상자부터 챙기게."

로랑이 건네는 상자는 아주 묵직했다. 던전 공략 보상금인 1만 골드가 들어 있는 것이다.

"그리고 추가 보상은 좀 기다리게. 캐 온 광석이 워낙 많은 양이고 종류도 다양해서 제 가격에 처분하는 데 시간이 좀 걸릴 걸세. 사나흘은 더 걸릴 테니 내 여관으로 사람을 보내지."

"그동안 내성에서 시간을 보낼 예정이니 아침 일찍이나 밤에 사람을 보내 주십시오."

가온은 여전히 포기하지 않고 애절한 시선을 보내는 로랑의 태도를 애써 무시하고 도서관이 있는 내성으로 향했다.

다음 권으로 이어집니다

우리 교황님 좀 말려 주세요

판미손 퓨전 판타지 장편소설

비정상 교황님의
듣도 보도 못한 전도(물리) 프로젝트!

이세계의 신에게 강제로 납치(?)당한 김시우
차원 '에덴'에서 10년간 온갖 고생은 다 하고
겨우 교황이 되어 고향으로 귀환했건만……

경고! 90일 이내 목표 신도 숫자를 달성하지 못할 시
당신의 시스템이 초기화됩니다!

퀘스트를 달성하지 못하면 능력치가 도로 0이 된다고?
그 개고생, 두 번은 못 하지!

"좋은 말씀 전하러 왔습니다, 형제님^^"
※주의※ 사이비 아닙니다, 오해하지 마세요!

망한 가문의
검술 천재가
되었다

소구장 퓨전 판타지 장편소설

역사에서도 잊힌 비운의 검술 천재
최강의 꼰대력으로 무장한 채
후손의 몸으로 깨어나다!

만년 2위 검사 루크 슈넬덴
세계를 위협하던 마룡을 물리치며
정점에 이른 순간

이대로 그냥 죽어 다오, 나를 위해서.

라이벌인 멀빈 코넬리오에게 목숨을 잃……
……은 줄 알았는데,
200년 후의 몰락한 슈넬덴가에서 눈뜨다!
가족이라고는 무기력한 가주, 망나니 1공자뿐
망해 버린 가문을 살리기 위해
까마득한 조상님이 팔을 걷었다!

설풍 같은 검술, 그보다 매서운 독설로
슈넬덴가를 정점으로 이끌어라!

꿈의 도약, 로크에서 하십시오
(주)로크미디어에서 신인 작가를 모십니다

즐거운 세상, (주)로크미디어는 꿈을 사랑하고 도전을 두려워하지 않는 작가분들의 참신한 작품을 기다리고 있습니다. 21세기 장르 문학계를 이끌어 갈 차세대 선두 주자 (주)로크미디어에서 여러분의 나래를 활짝 펴 보시길 바랍니다.

모집 분야 판타지와 무협을 포함한 장르 문학
모집 대상 아마추어 작가, 인터넷 작가
모집 기한 수시 모집

작품 접수 시 유의 사항

1. 파일명은 작가명_작품명.hwp 형식을 갖춰 주십시오.
1. 파일에 들어갈 내용은 다음과 같습니다.
   - 성명(필명인 경우 실명을 밝혀 주세요), 연락처, 이메일 주소.
   - 제목, 기획 의도.
   - A4용지 1장 분량의 등장인물 소개.
   - A4용지 2장 분량의 전체 줄거리.
   - 본문.
1. 작품이 인터넷에 연재되고 있다면, 게시판명과 사이트의 구체적이고 정확한 주소를 기재해 주십시오.

선택된 작품은 정식 계약 후 출판물로 간행되어 전국 서점에 유통됩니다.
작가분은 (주)로크미디어의 전폭적인 지원하에 전속 작가로 활동하시게 됩니다.
※ 자세한 내용은 로크미디어 홈페이지(rokmedia.com)를 참조하세요.

(04167)서울시 마포구 마포대로 45 일진빌딩 6층
(주)로크미디어 편집부 신간 기획 담당자 앞
전화 : 02)3273-5135
www.rokmedia.com   이메일 : rokmedia@empas.com

One for all
원포올

일라잇 스포츠 장편소설

**작렬하는 슛, 대지를 가르는 패스
한계를 모르는 도전이 시작된다!**

축구 선수의 꿈을 품은 이강연
냉혹한 현실에 부딪혀 방황하던 중
운명과도 같은 소리가 귓가에 들어오는데……

당신의 재능을 발굴하겠습니다!
세계로 뻗어 나갈 최고의 축구 선수를 키우는
'One For All' 프로젝트에, 지금 바로 참가하세요!

단 한 번의 기회를 잡기 위해
피지컬 만렙, 넘치는 재능을 가진 경쟁자들과
최고의 자리를 두고 한판 승부를 벌인다!

**실력만이 모든 것을 증명하는
거친 그라운드에서 당당히 살아남아라!**